Ohana

a maternidade ecoa

Déa Aguiar e Marcela Bueno
Comunidade Ohana (Org.)

R. Doutor Goulin, 1523 Alto da Glória
CEP 80040-280 Curitiba-PR
(41) 3254-1616 e (41) 3558-8001
editorainverso@editorainverso.com.br
www.editorainverso.com.br
Facebook.com/editorainverso
Instagram @editorainverso

COORDENAÇÃO EDITORIAL / EDITORA
Cristina Jones

REVISÃO
Carlos W. Jorge

IMAGEM DE CAPA
Mônica Defreitas Smythe

CAPA, PROJETO GRÁFICO E DIREÇÃO DE ARTE
Adriane Baldini

DADOS INTERNACIONAIS DE CATALOGAÇÃO NA PUBLICAÇÃO (CIP)
MONA YOUSSEF HAMMOUD – CRB/9ª.1393

O741C
Comunidade Ohana (org); AGUIAR, Déa; BUENO, Marcela.
OHANA: a maternidade ecoa. Curitiba: Ed.InVerso, 2023
178 p. 15 x 21 cm. PTBR
ISBN: 978-85-5540-332-3

1. Crônicas. 2. Autorrealização. 3. Biografia. 4. Relatos femininos.
5. Maternidade. 6. Família. 7. Psicoterapia. 8. Superação.

CDD.: 155.32

MATERNIDADE: 155.32
BIOGRAFIA: 915
CRÔNICAS: 869.34

Às mães que nos antecedem,
aos filhos que nos fazem mães.
A todos e todas tocados pelo
ecoar da maternidade.

AGRADECIMENTOS

Este livro é a soma do trabalho de muitas mãos, muitas mães, e muito amor.

Começo agradecendo àquele que iniciou essa revolução em mim, que me deu a honra de ser sua mãe e a cada dia me trouxe novas lições.

Ao meu Fran (Fernando Daniel), por segurar minha mão em todos esses momentos, por acreditar no meu sonho e me impulsionar a ir além.

À minha família e a oportunidade de juntos reescrevermos nossa história.

A cada uma que durante um ano, um mês ou um dia se dedicou de forma voluntária a moderar a Comunidade, minha gratidão por esse caminho de aprendizado, acolhimento e ressignificação.

Às mais de 17 mil famílias que confiam em nossa comunidade e entregam suas dores a nós.

A tantos nomes que apoiam, riem e choram comigo...

Minha mais profunda gratidão.

Cristiane Vasconcelos

Aos meus pais, Déa e Luiz, por verem em mim um sonho realizado e por acreditarem no meu potencial. Por terem me amado profundamente e jamais terem soltado a minha mão. À minha irmã, Raquel, de quem sinto saudades imensas a cada segundo da minha vida. Que compartilhou tanto comigo, e talvez tenha sido a única a compreender até os pedaços mais escuros da minha alma.

Ao meu marido, Lucas, que me disse diariamente que eu conseguiria mesmo quando eu achava que seria impossível.

Aos meus filhos, Malu, Sofia e Caio, por me proporcionarem a experiência de multiplicar a vida e vê-la fluir.

Ao meu cunhado, Alexandre, sempre disposto a me ajudar.

Aos meus sobrinhos, Samuel e Theo, crianças que são pura luz.

Às mulheres que foram meu suporte, força e abrigo — Larissa, Lilian, Dayana, Benaia, Milena, Priscila, Daniele e Joelma.

Obrigada!

Déa Aguiar

Quero agradecer aos encontros, aqueles que chegam de mansinho, bem devagarinho, de olhares desconfiados, mas cativam e aconchegam. À Cris, que vê em mim o que não sou capaz de enxergar e me abastece de poesia. À Comunidade Ohana, que me aceitou e dela me permitiu fazer parte, e com isso me apoderar da minha e de tantas maternidades.

Quero agradecer ao Theo, que provoca os meus maiores e mais sinceros sorrisos, e que quando me vê triste, simplesmente me abraça. A realização do meu maior sonho e o propulsor do meu maior desafio.

Agradeço às minhas amadas ancestrais, Ana e Maria, por terem sido tão maravilhosamente imperfeitas.

Marcela Bueno

Este livro não é só um livro. Ele tangibiliza a minha capacidade de chegar aonde eu quiser.

Por isso, agradeço a essas mulheres da Ohana, que me fizeram acreditar dia após dia na minha competência.

Agradeço ao meu esposo Raphael, parceiro de vida, que quer fazer melhor a cada dia.

Agradeço ao meu filho, razão de toda a minha força e do meu desejo de fortalecimento. É para ele que eu quero ensinar sobre autoestima e autoconfiança.

Agradeço à minha família, em especial minha mãe, meu pai, avós e irmãs. Porque sei que eles fizeram o melhor que podiam e me deram o amor mais bonito, parte de quem eu sou hoje.

Vivian Salomão

SUMÁRIO

INTRODUÇÃO

Quem é você? Uma profissional, uma mãe, uma esposa, uma filha?

Sabe o que todos somos, independentemente dos papéis que desempenhamos?

História viva — biografia.

É incrível sermos algo inacabado, em construção. Ser história é um convite ao movimento e à transformação.

Como uma grande árvore, somos feitos de ciclos. E como é lindo ver os anéis de um tronco contando o tempo que viveu! Ou saber quão profundas são as invisíveis raízes que discretamente sustentam a suntuosa estrutura.

Nossa história é feita de brotos, flores e frutos. De pestes e podas. De renovação! De crescer em condições inóspitas, de passar anos apenas sobrevivendo, para que um dia qualquer apareça um novo broto nos trazendo a esperança da vida que segue buscando um meio em si, ainda que não vejamos.

Uma árvore é parte de um ecossistema, de histórias interligadas, e dependente de muitas outras. Faz sombra, renova o ar. E até as folhas que caem são adubo — e não somente para si.

Não à toa, um dos pensamentos ligados à ideia de família é a Árvore Genealógica — que nada mais é do que uma história que cruzou com outra história e gerou dezenas de outras narrativas riquíssimas e autênticas.

Não à toa, Ohana é família.

Sejam bem-vindos ao nosso ecossistema — regado a lágrimas, adubado com sorrisos. Um local seguro, onde cada família encontra sombra e descanso para continuar a crescer e florescer.

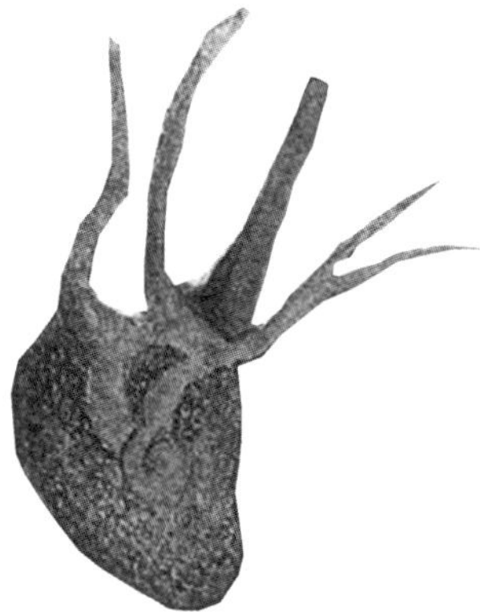

1

CRIS

Cristiane levou sete anos para ver seu tão desejado positivo. Desde esse dia sua vida mudou radicalmente. E a mudança foi tão gigantesca que transbordou — mudou a minha vida e as vidas de milhares de famílias. Tenho certeza de que mudará a sua também.

Foram semanas de gestação muito tranquilas, com as dores e delícias comuns à maioria de nós nessa fase. Os chutinhos, o xixi a todo momento, a escolha do nome.

Era uma tarde quente de dezembro. Com trinta e seis semanas de gestação, Cris passeava no shopping tranquilamente. A expectativa era simples: tomar um sorvete. A realidade, porém, era outra. A bolsa estourou, semanas antes da data prevista para o parto.

Cris e Fernando foram para a maternidade, e durante o trabalho de parto riam e brincavam um com o outro num momento muito feliz. Como para tantas de nós, o que parecia ser o início de um sonho se tornou um pesadelo.

A indução não estava caminhando como o esperado. Não havia dilatação — somente dor. O mal-estar era insuportável, e os episódios de vômito e diarreia a deixavam cada vez mais fraca. A assistência da equipe do hospital era péssima, e o que ofereceram à mulher em trabalho de parto foi o menu completo de violência obstétrica.

Uma tempestade começou enquanto Cris fazia o cardiotoco. Entre os estrondosos trovões, os batimentos do seu bebê se mostraram alterados. A médica, porém, não se importou. Realizou um toque extremamente violento e doloroso, sem pedir consentimento, para provar que o bebê estava bem.

Já se haviam passado dois longos dias. As únicas coisas que cresciam eram a dor, o cansaço e o medo. A equipe, ignorando o estado fragilizado de Cris, decidiu tentar mais uma rodada de ocitocina. Fernando contestou a decisão da equipe, pois não suportava mais ver o sofrimento da esposa.

Meio a contragosto, a equipe colocou novamente o cardiotoco, quando ficou claro que a situação se tornara uma emergência. A caminho do centro cirúrgico, Cris urrava de dor, e era impossível parar de chorar.

Fernando não sabia o que fazer para cessar o sofrimento de Cris. Pediu para que ela segurasse sua mão: "Pode apertar até quebrar, não é para você sofrer sozinha."

Com os olhos molhados, Cris me explica o que significou esse ato: "Ele é músico, Déa. Tocar é o que ele faz, o que ele é. A mão é parte essencial do seu ofício."

Os profissionais da maternidade, todos com os crachás virados, faziam comentários absurdos sobre o comportamento de Cris, considerado inadequado e exagerado. A situação era tão sinistra que a anestesista a mandou calar a boca para que pudesse trabalhar.

Deitada, esperando que a cirurgia começasse, Cris olhou para o relógio, que marcava 23h45. Fechou os olhos e pensou: *"Não queria que meu filho nascesse neste dia, que só quero que seja esquecido."*

Um longo suspiro. O cheiro asséptico da sala. Os bipes dos monitores. As movimentações em seu corpo. Um choro.

Bernardo nasceu à meia-noite e dois do dia quatro de dezembro. Ele esperou que aquele dia terrível acabasse para vir ao mundo.

O médico nem sequer falou com a Cris. Cortou-a, tirou Bernardo de seu ventre e o entregou bruscamente à pediatra, saindo da sala em seguida. Na sala de recuperação, Bernardo não conseguiu mamar. Exaustos, mãe e filho dormiram profundamente.

Muitas horas após o nascimento, Bernardo ainda não havia mamado. A enfermagem manipulou as mamas de Cris à exaustão, de modo que ficaram cheias de hematomas. A glicemia do bebê estava no limite e nenhuma das tentativas de amamentação foi bem-sucedida.

Fernando precisou ameaçar o hospital para que desse fórmula para alimentar seu filho.

Em casa, a situação piorava assustadoramente. Nenhuma gota de leite saía, mesmo com uma bomba para estimulação. Os seios de Cris estavam cheios, mas Bernardo não conseguia mamar. As tentativas eram tantas que a bomba extraía sangue das mamas daquela mãe exausta e desesperada.

Nada daquilo fazia sentido. Durante a gestação, Cris devorou todo o material existente sobre amamentação. Ela se preparou para alimentar seu filho, e agora tudo o que existia era uma mãe machucada e extremamente frustrada.

Após vinte dias de tentativas, com as mamas cheias de um leite que não 'descia', Cris pediu que seu pai a levasse ao hospital. A dor era imensa, os seios estavam rígidos. Fernando massageava os nódulos na esperança de aliviar a dor da esposa.

Passados alguns dias da primeira ida ao hospital, Cris precisou novamente buscar atendimento. O médico que a atendeu prescreveu um antibiótico, além de um medicamento para cessar a produção de leite.

Mesmo com os medicamentos, os sintomas só pioraram. Após apresentar febre, intensificação da dor e três episódios de desmaio, Cris foi levada para uma nova consulta. Nesse momento, após um exame de imagem, foi descoberto o motivo de todo o problema: uma má-formação nas mamas em que o ducto pelo qual o leite deveria passar não existe.

O quadro era tão grave que foi necessária uma cirurgia. A infecção era extensa, e foram precisos sete dias de internamento para receber o tratamento adequado. Durante esse tempo Cris não podia mexer os braços, e pedia para uma enfermeira segurar o telefone para que pudesse falar com Fernando. Ela só conseguia chorar enquanto ouvia seu filho chorar ao fundo da ligação.

Somente um ano depois do nascimento de Bernardo foi que Cris compreendeu que a tristeza e o vazio que sentia eram depressão. Ela enfrentava um longo e doloroso luto que, sem suporte, a estava adoecendo.

Nos grupos de Facebook, não encontrava um lugar para si. Havia lugar para as mães que amamentam, para as que não desejam cesárea. Mas para alguém como ela restava a sombra, como se fosse uma maternidade ilegítima.

A jiboia é uma planta muito querida por jardineiros amadores, como eu. A planta dá ao ambiente um tom elegante e vivo. No entanto, duas características da jiboia são as que mais chamam a atenção: suas folhas brilhantes, em formato de coração, e sua alta capacidade de adaptação.

No mundo virtual, Cris começou a encontrar conforto ao oferecer apoio para outras mães. Passou a moderar um grupo, e depois passou para outro, que cresceu absurdamente. Ela sempre teve a ideia de montar uma equipe com profissionais capacitadas para o atendimento às mães que ali buscavam ajuda. No entanto, seus objetivos não eram compatíveis com os da fundadora do grupo.

Cris decidiu que era o momento de criar seu próprio grupo. Ali nascia a Comunidade Ohana, ainda com outro nome, mas já com o propósito de não permitir que nenhuma mãe ficasse sem respostas e acolhimento. A partir daquele momento, nenhuma de nós precisaria ficar presa na solidão materna.

Trouxe uma pequena muda de jiboia para o meu apartamento. Sem ter ideia de como cuidar dela, coloquei o ramo na água. Ela era um raminho pequeno e frágil, cortada de uma planta adulta e muito robusta.

Suas raízes cresceram rapidamente, então decidi colocar a muda, agora já mais forte, na terra. E qual foi minha surpresa ao vê-la crescer linda, forte e dona de si? Ela já não é mais uma muda; na verdade, dela já saíram muitas mudinhas que também crescerão e se multiplicarão.

Escrevo estas palavras em frente ao meu jardim-amador-de-apartamento, com lágrimas nos olhos e um sentimento de gratidão que é indescritível. Escrever sobre essa mulher que me levou a conhecer tantas outras mulheres, e a conhecer-me mais, é uma imensa honra.

Cris fez de seu luto uma luta. E de sua luta, uma causa urgente, essencial, e que tem sido suporte a famílias de todos os cantos do mundo.

A jiboia pode crescer vários metros e, por ser uma trepadeira, agarra-se nas mínimas possibilidades de sustentação. Não precisa de sol pleno; cresce muito bem com a iluminação indireta. Metros e mais metros de folhas em formato de coração vão se formando, movidos pelo ímpeto da vida.

Cris é dona de um sorriso largo, de mente inquieta e dotada de uma capacidade de adaptação inspiradora. Agarra-se às mínimas oportunidades de crescer e delas produz metros e mais metros de amor e acolhimento.

A mãe de Bernardo é a fundadora da Comunidade Ohana, de onde saíram todas as personagens deste livro.

Bernardo,

Dizem por aí que é preciso uma aldeia para criar uma criança. O que é verdade, não posso negar. No entanto, sua mãe nos mostrou que é preciso uma criança para que a aldeia seja criada.

O seu nascimento, certamente, mudou a história de seus pais, Cris e Fernando. Mas a forma como sua mãe encarou os desafios que surgiram mudou as histórias de milhares de famílias no mundo. E você foi a origem dessa transformação.

Adoro ver as fotos de vocês três, sempre cheios de estilo, sorrindo e desfrutando desse bem precioso que é a vida.

Quando olho para você, vejo um menino com os olhos brilhantes de quem tem muito a descobrir. E eu desejo que esse brilho nunca, nunquinha, se apague. Que você tenha sempre a alegria que vejo em seu semblante e aprenda a ser resiliente como sua mãe.

Talvez nada do que escrevo faça sentido agora para você, uma criança preocupada em ser, simplesmente, criança. Mas sei que você irá crescer, e por isso deixo registrado aqui o carinho imenso que tenho pela história de sua vinda a este mundo, naquele dia quatro de dezembro.

Quero que saiba, e que possa sempre se lembrar de que sua mãe fundou uma comunidade cheia de amor e informação graças à força que brotou nela quando você chegou. E que desse lugar, Bernardo, muitos sonhos foram realizados.

Não tenho dúvida de que você não poderia ter uma mãe melhor que ela. Mas sei também que você é o filho que ela precisava ter.

Que seu caminho seja lindo, Bernardo.

REFLEXÃO

Aqueles que passam por nós, não vão sós, não nos deixam sós.
Deixam um pouco de si, levam um pouco de nós.

Antoine de Saint-Exupéry, em *O Pequeno Príncipe*

E foi então que apareceu a raposa...

Em um mundo tão líquido e superficial, onde as pessoas têm pressa e já não alcançam os olhares, estava ela acompanhando a corrente áspera dos demais.

Ler, ouvir e olhar Cristiane é pensar em força, em luta e pulsão de vida. Alguém que transmite confiança e determinação. Um grito na escuridão.

A Cris da Ohana é essa mulher que decidiu não se calar, e transformar as suas dores invalidadas em estudos, em suporte, em acolhimento e em trocas. Fez de seu nome e seu trabalho, referência no mundo materno.

Ser mulher atuante é saber que encontrará muitas batalhas adiante. É manejar o ser autêntico com o ser inventado. É ventricular a suavidade e a rigidez. É um atuar e se retirar. Há que ser muito versátil para circular em mundos ainda dominados por homens.

Cris entendeu bem esse movimento e conquistou seu espaço no mercado de trabalho. Provas e mais provas de sua eficiência, mas sempre pairando a dúvida das razões de suas conquistas — por ser uma boa profissional ou por ser MULHER?

Sim, Cris, não é fácil, mas não há espaço para essas indagações, não há espaço para expressar emoções e não há espaço para ser frágil. E quando encontramos essa vala de contestação, não há que ser dramática. Mulher, mostra-me o teu vigor, a tua robustez e fortaleza. Mulher, mostra-me a tua voz.

E no meio de tanta gente sem nenhuma graça, em um mundo de tamanhas representações, Cris encontrou Fernando. Estranho seria se vocês não se apaixonassem! Enfim, seu velho All Star combinava tanto com aquela roupa engomadinha...

Juntos formam um imenso repertório musical. Não era duvidoso o desejo pulsante de serem pais. E de tanto pulsar, veio a sonhada gravidez.

Curtiram, e muito, os momentos que antecederam a chegada de Bernardo. Cris leu, estudou, buscou o máximo de informações sobre maternidade: parto, amamentação, puericultura, desenvolvimento. Acreditava que nada a surpreenderia, e portanto atenderia a contento o papel de mãe perfeita.

Hoje a gente sabe que não é bem assim, né, Cris? Bastou entrar no hospital que tudo fugiu do controle e das vontades. E vieram as dores e os gritos, uma voz exigindo visibilidade e respeito, ridicularizada e reduzida a "exagero" e "histeria". Prevaleceu o poder de decisão médica.

A mãe que gerou e cuidou do bebê por nove meses com carinho e zelo estava imobilizada, calada, passiva e sujeita a procedimentos realizados por estranhos, ativamente responsáveis por decisões sobre o corpo alheio. Uma imagem que reflete a máxima submissão da mulher, dotada de atributos de fragilidade e incompetência.

A insatisfação e o sofrimento do parto, agregados a não conseguir alimentar o filho através de seus seios, abriram caminho à culpa por se sentir incapaz e não corresponder ao ideal imaginário de MÃE.

Cris sentiu-se à margem, à sombra dos estereótipos fantasiosos da maternidade. Uma mãe não suficientemente boa, acometida por um processo de luto solitário, mesmo com o acolhimento e suporte de Fernando.

Os grupos virtuais que tanto contribuíram para o seu preparo gestacional já não faziam sentido, pois não abarcavam a sua dor, o seu pesar e a sua voz.

O puerpério é um período naturalmente delicado, em que a mulher encara sua fragilidade física, psíquica e social ao mesmo tempo, oferecendo todas as vontades humanas em busca de espaço de visibilidade e ressignificação.

Uma inquietude, um pensar e um sentir que não deveriam existir, mas que estão lá. Uma confusão, um não entender, um não ter razão. Sensação permanente de vazio e melancolia, que hoje pode ser nomeada e tratada, mas que num passado não muito distante era considerada um traço da personalidade feminina, que se resolvia espontaneamente ou se tornava crônica.

Cris demorou a entender o que estava acontecendo e a perceber que não era responsável por provocar esses sintomas. Um árduo processo de desculpabilização e aceitação.

E foi então que a raposa ofereceu um importante exemplo de como temos que nos relacionar com os demais. Criou um grupo materno que vai além de prestar informações de qualidade, embasado cientificamente. Um espaço não apenas de trocas, respeito e indiscriminação. Cris queria cativar, e para isso é necessário ouvir, ser empático, acolher e estender a mão. Para cativar é preciso estar disponível e se inter-relacionar.

A Cris da Ohana, como ela não gosta de ser nomeada, angariou seu espaço, se apropriou da sua voz e cativou uma legião — resultado de muita paixão, eficiência e dedicação.

Mesmo que muitas vezes tenha que voltar para o seu casulo, por não se sentir merecedora — delicada autoestima que escuta demasiado as vozes destrutivas de quem não suporta a felicidade alheia — nutre-se de forças, veste-se de verde e ressurge linda e com um belo batom vermelho nos lábios.

Cristiane é garra e valentia, indubitavelmente, mas Cris também é amabilidade, sentimentalismo e fragilidade.

Aprendemos a olhar a fragilidade feminina como algo pejorativo, que nos condiciona a um reduto sentimental, desprovido de razão, e consequentemente, a lutar contra esse estigma. Relacionar a fragilidade feminina à vulnerabilidade e menos-valia pode anular uma característica que nos é própria e que advém da nossa complexidade.

Portanto, Dona Raposa, não omita a sua fragilidade. Somos frágeis, sim, e reconhecer essa fragilidade nos autoriza a abandonar o pedestal de mães e mulheres perfeitas e poderosas em que socialmente nos colocaram, para assim nos permitir pedir e aceitar ajuda.

A fragilidade possibilita dar visibilidade ao essencial, que só se vê bem com o coração.

2

UMA REPARAÇÃO NECESSÁRIA

Quando uma mulher engravida, deixa de pertencer a si. Há uma infinidade de cuidados e regras a serem seguidos, de hábitos a serem largados. Todos, menos ela, tornam-se sábios especialistas. A mulher, um receptáculo.

Nasce a criança, e novamente ela não sabe de nada. Faz tudo errado. Calada, seu único direito é estar feliz. O cansaço é uma bênção, e há uma recomendação antagônica sobre o autocuidado: esqueça de si, mas esteja bem (magra, de preferência).

As dores não importam, fazem parte da obrigação. A violência dos diminutivos disfarçados de carinho, ao nos chamarem mãezinha, só lembra quanto devemos ser pequenas, insignificantes. Não é permitido questionar, nem incomodar. Reclamar, então? Não, não. Embale e sorria. Chore calada, romantize a solidão, o medo e a insegurança.

Existe um mercado muito grande e lucrativo vivendo da insegurança materna e da incapacidade das famílias de se autogerirem. Um mercado que vende cursos para ensinar a dormir um ser que biologicamente é incapaz de passar dez horas em sono profundo. Que vende fórmulas e assusta novos pais com a premissa de que o bebê passa fome. Que conta para as mães que, sim, é tudo na conta delas, que homens não sabem cuidar de filhos.

E assim, criamos uma sociedade que consome, consome e consome, mas que nunca está em paz. Pois é isso o que a insegurança faz, aguça a nossa necessidade de resolver problemas que nem existem. Vivemos em especialistas, desesperadas para performar uma maternidade perfeita e impossível.

Quando uma comunidade se cerca de pessoas capacitadas e dispostas a compartilhar ciência com amor, o resultado não pode ser diferente — famílias seguras e autônomas. Pais e mães que compreendem seu papel na criação dos filhos, mas também sabem que são seres únicos, com uma história própria.

Quando mães, os seres silenciados, recebem de volta o protagonismo de suas vidas, o que acontece é tão poderoso que nem tem nome. São mulheres ganhando uma nova e mais forte identidade, tomando decisões embasadas, não mais no medo, mas em certezas. E quando mães são ouvidas, famílias são transformadas. São pais conscientes de seu papel, são crianças com um futuro mais seguro.

Contar histórias é algo que cura. Que ensina. Que abraça e que transforma. Não à toa, tantas sociedades mantêm vivas suas tradições orais, nas quais famílias e aldeias se reúnem para ouvir uns aos outros.

Dentro da Comunidade Ohana, o que fazemos é contar histórias, e mais que isso, ouvir ativamente as histórias contadas. É uma aldeia, onde todos ouvem e todos falam. Todos ajudam e são ajudados. Todos têm voz, vez e colo.

Por isso, um livro onde algumas dessas histórias possam ser contadas, espalhadas, derramadas pode ser um bálsamo para uma sociedade tão ferida e confusa. É uma porta de entrada para uma parentalidade mais responsável, e também mais leve. E, ainda, uma janela para que possamos nos lembrar de que há mais para ver e fazer.

Num dado momento do filme Peixe Grande, é dita a seguinte frase: "Um homem conta suas histórias tantas vezes, que se torna suas histórias. Elas sobrevivem a ele. E dessa forma ele se torna imortal."

É uma reparação necessária, oferecer às mães a imortalidade através de suas histórias contadas.

3

VIVIAN

No dia em que entrevistei Vivian ocorreu algo muito curioso. Terminamos a conversa no horário em que eu tinha de fazer o almoço, então fui para a cozinha, ainda impactada pelo que havia acabado de ouvir.

Escolhi um tomate bem bonito para a salada. Estava maduro, bem vermelho e firme. Ao parti-lo, uma surpresa: uma das sementes havia brotado e havia raízes dentro do fruto.

A história de Vivian é feita de despedidas. Começou pelo divórcio dos pais, quando ainda era muito pequena. Depois, mudanças de cidade, e consequentemente de escola, incontáveis vezes — seu padrasto era militar e, portanto, tinha uma vida nômade.

Mas o fato é que, para além de todas as mudanças de casa, o que lhe faltava era um lar. Sua mãe engravidou ainda adolescente, e filha de uma criação machista, não tinha muitas opções. Não teve a oportunidade de pensar no que gostaria de fazer em sua vida, de fazer escolhas por si.

Vivian, assim como as irmãs que vieram depois, tinha uma casa. Um teto, comida na mesa. Mas o que faz um lar é muito mais do que tijolos — havia um vazio dolorido deixado pela falta de colo, acolhimento e sensação de pertencimento.

O padrasto, muito rígido, brigava demais com a mãe de Vivian, que presenciou cenas pesadas demais até para um adulto. A menina, por sua vez, não tinha perdão, precisava acertar sempre. Não havia espaço para ser criança: ela precisou amadurecer.

Após uma vida escolar bastante complicada e de uma briga muito grave com o padrasto, Vivian decidiu sair de casa. Foi morar com o pai e a madrasta. Ao passar no vestibular, acabou partindo para a casa do avô.

Extremamente inteligente e responsável, Vivian construiu uma carreira profissional impecável. Até que conheceu Raphael, seu marido.

Simples e sem grandes vaidades, Vivian foi comprar a roupa para o casamento após ser arrastada por uma colega de trabalho até a loja. O casamento foi às pressas, pois Raphael foi contemplado com uma bolsa de estudos fora do Brasil. Para que tivesse o direito de acompanhá-lo, Vivian deveria ser casada com ele.

Com Raphael, Vivian morou na Hungria e viajou para locais que só via em filmes. Quando fala dessa época, é lindo ver como seus olhos brilham.

Voltaram ao Brasil, mas logo se despediram novamente. Raphael foi convidado a trabalhar na Colômbia. Vivian deixou para trás não somente sua terra e família, mas o emprego que tanto sonhou em ter e que havia acabado de conquistar.

Ah, as despedidas! Pareciam protagonistas na vida dessa mulher.

Na noite que antecedeu sua ida para a Colômbia, Vivian olhou para o céu e pediu ao Universo que desse o que estava reservado a ela. E assim foi.

Ela e Raphael não foram sozinhos para a Colômbia — Thiago já estava com eles, embora ainda não soubessem.

Vivian viajou grávida. Não consigo imaginar o que é passar por um momento tão importante, sendo recém-chegada a um novo país, com uma nova língua, sem nada conhecido. Apesar disso, Vivian passou a estudar muito sobre gestação, parto e desenvolvimento infantil.

Contratou uma doula e aproveitou cada fase — os chutinhos, os desejos, o amor que só vai crescendo junto com a barriga.

As avós de Thiago chegaram, e na noite seguinte a bolsa rompeu. Parecia que o bebê estava esperando as duas para vir ao mundo.

Mas o tom dessa história mudou totalmente ao chegarem à maternidade. A doula foi barrada. Havia a barreira da língua, que parecia ainda mais complexa entre uma contração e outra. Os profissionais não eram amigáveis, e Vivian já sabia que precisava ser muito agradável, por ser estrangeira.

O ambiente hostil e o esforço para ficar num personagem a fim de proteger-se das violências não eram favoráveis ao desenrolar do trabalho de parto. Após algumas horas, decidiram encaminhar Vivian para outro setor, garantindo que Raphael logo chegaria para estar com ela — o que nunca aconteceu.

Após o que pareceu uma eternidade durante a qual Vivian foi forçada a permanecer deitada, sem poder sequer ir ao banheiro, os batimentos do bebê começaram a cair de maneira preocupante. Foi então que ela ouviu o que muitas de nós escutam, como se fosse uma opção real: seu filho está em risco, você tem a opção de uma cesariana.

Sozinha num centro cirúrgico. Sem compreender a língua e os motivos de tanta crueldade, Vivian chorava sem parar. Uma enfermeira, que aparentemente não concordava com a separação do casal, mas pouco podia fazer para reverter a situação, foi até Raphael explicar o que estava acontecendo.

Raphael, angustiado, escreveu um bilhete para ser entregue a Vivian. Era um pedaço do marido ali, presente num momento tão delicado. Eram palavras de amor e de esperança.

Vivian conta que o que compreendeu nesse momento, amarrada, assustada e completamente vulnerável:

A maternidade é muito solitária.

Quando olho para Vivian, vejo o infinito. Seus olhos doces e castanhos, sempre emocionados, são janelas que dão para um lugar muito iluminado. Seu tom de voz é macio. Seu sotaque único, construído com um pouco de cada lugar onde viveu, tem um quê de pureza. Mesmo a milhares de quilômetros de distância, parece que a conheço de toda a vida.

E olhar para ela, conhecendo aspectos tão duros de sua história, é algo que chega a ser misterioso. Como ela não perdeu a candura? Como é que, mesmo com tanta fibra e força, pode ser tão suave?

Quando pensou que passaria a viver normalmente com seu bebê, a pandemia os isolou completamente das poucas interações que poderiam ter no país estrangeiro. Foram infinitos meses de um total distanciamento, no qual, ao contrário de muitos de nós, nem um 'oi' pela janela do carro era possível dar aos familiares. Não havia ninguém ali — eram somente Vivian, Raphael e Thiago.

Eu também tive um bebê às vésperas do fechamento do mundo. E, apesar de ter ficado isolada, tinha meus pais morando a dez minutos de mim. Embora os abraços fizessem uma falta inenarrável, a saudade era aliviada com uma sacolinha cheia de comida e bilhetes, deixada na porta. Nós nos víamos pela janela, como numa cena shakespeariana de romance.

Mas para Vivian a solidão era a única presença constante. Ninguém deixaria nada na porta, e o desafio era dobrado: reaprender a viver num mundo pandêmico, tendo um filho muito pequeno para cuidar.

Acredito que a sensação que ela teve é comum a muitas de nós: desconexão. Chega um momento em que simplesmente não sabemos quem somos, e a exaustão chega a níveis insuportáveis.

Ficaram muito próximos de outra família de imigrantes. Mas esta se mudou novamente. Foi a primeira vez que Vivian ficou — não foi ela quem partiu. E isso doeu demais.

Quando cortei o tomate para fazer a salada e dei de cara com uma raiz dentro do fruto, passei um tempo em contemplação. Em geral, devemos remover a semente, deixá-la secar, e só então colocá-la na terra. Mas ali foi diferente.

Vivian sempre teve a sensação de não pertencer a lugar algum. De não possuir raízes e ser como uma folha ao vento, sem um lugar seguro para firmar-se.

Ao contrário do que muitos poderiam pensar, ela construiu e segue construindo um lar com seu marido e filho. Talvez a quantidade de partidas lhe tenha dado a sensação de não pertencer, mas o fato é que sua ausência foi notada. Ela sempre pertenceu a todos os lugares em que viveu. E sempre foi amada e admirada. Vivian é o tipo de pessoa que faz falta, cuja presença é sempre desejável.

A grande verdade é que ela pertence a si. E aonde quer que vá, estará em casa. Vivian não é uma folha ao vento, mas um fruto cuja raiz nasceu dentro de si. Onde estiver, estará firme e será próspera.

Há raízes. E são imensas.

Thiago,

Conhecer sua mãe me trouxe um tanto de esperança, sabe? A vida pode ser muito difícil e nossa tendência é endurecer, numa tentativa vã de evitar novas dores.

Mas ouvir a história da Vivian me fez enxergar que não precisa ser assim. E que, na verdade, se mantivermos nossa essência, encontraremos um lugar seguro para vivermos.

A história do seu nascimento tem vários momentos muito difíceis, e sabemos que jamais deveriam ter acontecido. Mas, para além disso, é uma história de amor, Thiago. Uma história de pessoas que se amam tanto, que fizeram o impossível para estar juntas, ainda que não como gostariam.

Acompanhei sua mãe, com toda a paciência, guardando cascas de ovos para fazer sua festa de dinossauros. E quantas reuniões fizemos enquanto você mamava, aninhado!

Eu também vivi longe dos meus avós, não tanto quanto você, mas sei como é difícil a gente sentir saudade e ter somente um telefone para trocar umas palavras. Custa muito dinheiro viajar, né? Então as férias que passamos juntos eram momentos mágicos!

Mas, sabe de uma coisa? Tudo que você precisa está dentro da sua casa. Você tem um lar, Thiago. Cheio de amor e respeito por você. Você vive num lugar que tem solo fértil para que possa crescer e ser muito feliz.

A maternidade é, sim, muito solitária. Mas isso não quer dizer que nos arrependemos dos filhos. E sua mãe é muito feliz em ter você. Tão feliz que trabalha duro para que outras mães tenham a oportunidade de aproveitar todas as coisas boas que ter um filho nos proporciona.

Um filho muda o mundo, Thiago. E você transformou o mundo da sua mãe de uma forma tão intensa, que me transformou um pouco também.

Por trás desses olhos sempre emotivos que a Vivian tem, há uma mulher forte e inteligente como poucas — espero que possa enxergar nela o mesmo infinito que me tocou.

Que sua vida seja imensa, Thiago! Eu sei que amor jamais te faltará.

REFLEXÃO

A árdua tarefa de compor uma vida não pode ser reduzida a adicionar episódios agradáveis. A vida é maior que a soma de seus momentos.

Zygmunt Bauman

Sempre ouvimos que o ser humano tem uma incrível capacidade de adaptação. Crianças mudam de escola e se adaptam, adolescentes mudam de namorados e se adaptam, adultos mudam de emprego e se adaptam, pessoas mudam de país e se adaptam.

A capacidade de adaptação é mesmo uma dádiva! E o responsável por essa maravilha é o nosso cérebro, que se molda diante de diferentes demandas do cotidiano.

Mas se essa adaptação não vier acompanhada de resiliência e ressignificação, será um constante sobreviver em um lugar sem sentido e de despertencimento.

Sabemos que nem todo espaço é saudável, prazeroso e cômodo para estar. Muitas vezes temos que viver em ambientes hostis, violentos, insalubres, de pouco amor e aconchego. Lugares que nos repudiam e podem acabar por nos afastar de nós mesmos.

Vivian nasceu e cresceu em ambientes vigilantes. Sem expressar culpas, reconhece o quanto essas vivências a afastaram de si, dos seus desejos e das suas motivações. Muitas até impensadas.

Cabia-lhe estar sempre alerta, atenta à disposição dos outros, sem questionar. Manter a perfeição em tudo e mesmo assim ser punida sem saber por quê. Ter que vestir a armadura para se habituar.

Vivian cresceu sendo o que os outros queriam e diziam: um camaleão; camuflava-se para se defender.

Quando os filhos não encontram nos pais um porto seguro, não se estranhe que recorram a prazeres e exageros que aplaquem esse vazio: a mentira, a comida, os grupos ditos rebeldes…

Vivian não deixou de se adaptar. Em um ato de dor e redenção, decidiu fazer uma escolha diferente e se autorizou a não seguir a mãe e o padrasto. Foi em busca de si.

Mas voltar às origens depois de frequentar tantos espaços também não é fácil. Pode ser assustador e incômodo se deparar com a sensação de perder o controle e a afeição por aquilo que um dia foi tão conhecido.

As idas e vindas são um constante processo de luto. Pessoas, lugares, referências precisam ser deixadas para trás, mas, como diz a psicanalista Vera Iaconelli, o que é a vida senão uma sucessão de lutos? Cicatriza-se uma ferida para em seguida se abrir outra, e assim seguimos.

Vivian seguiu e foi longe. Colheu frutos para continuar se adaptando.

Até que se deparou com um contexto completamente novo, mas partido de um desejo, de um sonho e de um pedido. Algo que Vivian tinha certeza de querer. Um filho.

Quando embarcamos no mundo da maternidade e buscamos informações a respeito, lemos muitos relatos de parto. Uns gloriosos, outros nem tanto. Mesmo imaginando o melhor cenário e contribuindo para tal, há muitos vieses nesse trajeto.

O desafio de ser mãe em qualquer parte do mundo é inegável, mas a cultura, a língua e a distância fazem diferença nessa equação. Dar à luz no Brasil e no exterior são coisas distintas.

É então que nos equilibramos entre o mimetismo, a capacidade de adaptação dos animais de imitar características de espécies parecidas, e as buscas ferozes na internet. É nesse momento, também, que muitas acabam encontrando abrigo e acolhimento nas comunidades maternas. Salve, Ohana!

Enfrentamos os mesmos temores e inseguranças da maternidade, estamos sujeitos aos mesmos procedimentos desumanos e opressivos, estamos também à mercê de uma equipe com poder técnico. Mas o agravante está nos costumes, nas ausências, os não rituais de chegada. E Vivian foi invisibilizada. Omitiu novamente suas vontades e se fantasiou de sobrevivente.

Passado um puerpério, aquele que parecia não ter fim, deparou-se com a pandemia. A fadiga se acumulou. Novamente a sensação de não pertencer se apoderou de Vivian. Um querer ser, mas não sentir o estar. Amar o filho, mas incomodar-se com aquela presença. As incongruências da vida acentuadas pela maternidade.

Quem está olhando esta mãe? Quem se interessa real e genuinamente pelos papos de exaustão, noites sem dormir, mamas doloridas, o caos que domina uma mãe? A solidão.

"Sabe, hoje eu não queria que a minha rede de apoio tivesse sido mais de uma hora de televisão. Também não queria estar me acabando nas comidas supercalóricas e de baixa qualidade como forma de compensação."

Trecho de um texto da Vivian publicado na Comunidade Ohana em 20 de julho de 2021. Seu mais sincero desejo de não estar só, mesmo com seu grande amor nos braços.

— E como sair dessa solidão? — pergunto a ela.

— Não sei. Não sei pedir ajuda.

Para solicitar ajuda é necessário reconhecer que não é capaz de abarcar tudo, além de confiar no próximo. A forma de vermos o mundo, de vivermos e de responder aos acontecimentos cotidianos está atrelada, não só ao que pensamos que somos, mas também a todas as experiências na construção da nossa história.

Desde a infância Vivian foi induzida a se adaptar ao que a família esperava. Ser boazinha, ajudar o próximo, cuidar da casa, criar as irmãs e não pedir ajuda. Pois não só era capaz de dar conta de tudo, como, se não o fizesse, caberia a punição.

Existir de maneira imperceptível não traz problemas, não incomoda. Mas também não permite se perceber-se, se valorizar e se apreciar como sujeito.

Mas sabe, Vivian? A autoestima é dinâmica. Pode ser construída e aperfeiçoada, e se adequar a novas e boas experiências. Aceitar, ressignificar e recomeçar. E de recomeços essa linda mulher entende muito bem.

4

ANA MARIA

Uma vez trouxe para casa algumas mudas de plantas e um saco com terra do quintal de uma amiga. Algumas deram certo, outras não. Mas notei um brotinho desconhecido num dos vasos. Deixei ele lá, para ver o que era.

O brotinho cresceu tanto, mas tanto! Ficou uma árvore quase do meu tamanho. Tudo bem que não sou uma mulher alta, mas foi impressionante. Dentro de um apartamento, havia uma árvore desconhecida. Era tão bonita!

A história de Ana Maria me fez lembrar dessa minha árvore. A vida tem caminhos misteriosos, que nos reservam grandes surpresas.

Ana não é o tipo de pessoa que se conforma com o pouco. A impressão que tenho é que ela sabe muito bem o quanto tem para oferecer e não aceita menos que isso. Saindo de um casamento que durou oito anos, viu-se de volta na casa da mãe.

Após três anos e muita terapia, mudou a forma de ver a vida e encontrou forças para recomeçar seu próprio caminho. Fez algumas tentativas de morar com colegas, mas acabou optando por ter seu canto.

Durante o período em que esteve casada, tentou engravidar, sem sucesso. Decidiu, então, que a maternidade não era para si.

Ana trabalhava em dois empregos. No segundo turno, era funcionária de um restaurante, local onde conheceu Joci, com quem iniciou um relacionamento. Ele estava em processo de separação da mãe do filho, Pedro. Ao ver que a situação poderia ser complexa, Ana colocou um fim no relacionamento até que o companheiro estivesse verdadeiramente livre para viverem juntos.

Joci resolveu as questões com a ex-esposa e Ana lhe deu um voto de confiança. Foram morar juntos, se casaram. Durante esse período, Pedro morava com os avós paternos em outro estado. Ele é uma criança com deficiência intelectual grave, completamente dependente de cuidados.

Quando decidiram levar Pedro para casa, os avós não aceitaram. Mas, após muita conversa e certa tensão, Ana e Joci levaram o menino para casa, em Santa Catarina.

Pedro não possui um diagnóstico. Ninguém sabe qual é a sua condição. No entanto, para Ana, Pedro é o que é: uma criança, que precisa de atenção e amor como qualquer outra.

Já em casa, Ana começou a incluir Pedro na rotina e na dinâmica da família. Ele passou a ser um membro ativo da casa, a ser considerado e enxergado. Conseguiu retirar o uso da chupeta e da mamadeira e o matriculou numa escola regular.

Se para mães atípicas já é um assunto complicado a matrícula em escolas regulares, para Ana era ainda pior. Ela não era a mãe. Precisava andar com uma pasta de documentos que provavam que ela era a responsável pelo menino.

Ana decidiu que era a hora de pedir a guarda. Assim poderia continuar a cuidar dele sem ter que provar tantas coisas em médicos, escolas e terapias.

Tornou-se oficialmente o que já era há muito tempo: guardiã de Pedro.

Pedro tem uma mãe biológica, claro. E é uma mulher que passei a admirar, ainda que nem saiba seu nome. Embora este capítulo seja sobre Ana Maria, é preciso falar sobre o que houve entre as duas mães de Pedro.

A mãe biológica de Pedro tinha muito claro para si que não desejava criar a criança. Por esse motivo, o menino ficou aos cuidados da família paterna. Quando Ana entrou na vida de Pedro, não houve contestação ou qualquer tentativa de impedir sua presença.

— Ana, quando você sentiu que é a mãe do Pedro?

Ela respirou fundo, olhou para o lado e descansou seu olhar no horizonte, como quem contempla o sol nascer. Seus olhos ficaram úmidos.

Pedro não gosta de toque físico. Não permite que qualquer pessoa lhe faça carinho. Numa noite, ao colocar o menino para dormir, Ana acariciou suas costas. Ele a olhou, virou para o lado e dormiu tranquilo, recebendo carinho.

A árvore misteriosa que trouxe para casa começou a dar frutos. Eram pequenos, menores que uma ervilha. Bem pretos. Enviei uma foto para a dona do quintal de onde veio a terra e ela identificou a planta: Maria Pretinha. As frutinhas são deliciosas, e também é possível fazer geleia delas.

Como são muito pequenos, demora para que consigamos uma boa quantidade de frutos para fazer a geleia. É preciso colher, congelar, e colher e congelar mais, até que tenha o suficiente.

A maternidade de Ana foi como colher esses frutinhos para fazer geleia. Aos poucos, sem qualquer intenção além de amar, Ana ouviu Pedro, uma criança não-verbal, chamá-la de mãe. Espontaneamente, movido somente pelo que brotava em seu coração.

Ana e Pedro reconheciam-se como mãe e filho. Logo, fazia sentido oficializar o que já era realidade — era hora de realizar a adoção.

Para que isso fosse possível, a mãe biológica de Pedro precisava concordar e renunciar judicialmente. Ao entrar em contato com ela para contar sobre sua intenção, Ana recebeu um pedido inusitado:

— Tudo bem, mas eu gostaria somente de uma coisa. Que você traga o Pedro para um culto na minha igreja.

Ao chegar à igreja, Pedro quis ficar muito perto de Ana. A mãe biológica ficou surpresa ao ver o quanto ele havia se desenvolvido, conseguindo até andar com apoio. Num momento, durante o culto, ela pegou o microfone e contou à congregação que ela gerou e pariu Pedro, mas que a mãe dele era Ana.

A história entre essas duas mulheres me tocou muito. Numa sociedade que desenha mães como pessoas sem direito a renúncias e arrependimentos, requer muita coragem para tomar uma decisão como essa. Mas, além de coragem, é preciso amor. Porque amar é compreender o que é melhor para os filhos ainda que contrarie o que outros esperam.

A audiência para o reconhecimento de Ana como mãe do Pedro ocorreu sem problemas, e a mãe biológica novamente reconheceu, perante o juiz, que apenas o gerou — ele é filho de Ana.

Nem todas as mudas que eu trouxe do quintal da minha amiga deram certo. Mas inesperadamente ganhei uma árvore frutífera dentro do meu apartamento. Quando o brotinho apareceu, escolhi esperar para ver o que viria. Sem grandes expectativas, mas com muita curiosidade.

Ana Maria decidiu que a maternidade não era para ela. E hoje é a mãe de Pedro. Ela observou pacientemente o broto que apareceu sem que ela plantasse. Regou, podou, adubou. E hoje colhe frutos, pouco a pouco, saboreando a delícia que são as pequenas vitórias diárias do filho.

Pedro é filho de Ana. Sobre isso não há dúvidas.

Pedro,

Sua mãe é uma mulher lindíssima. Vou te falar que, quando a vi, fiquei até desconcertada. E aí, ao conversar com ela e saber sobre sua história, percebi que a beleza dela vinha de dentro.

O que vocês construíram juntos, Pedro, é amor. Puro e simples, como deve ser. Ana te enxergou como uma criança e você a enxergou como mãe. A verdade estava ali o tempo todo, esperando para que pudessem viver tudo isso.

Eu sei que ser uma criança com deficiência não é muito simples neste mundo em que estamos. Mas eu também sei que você está recebendo tudo o que precisa para voar, Pedro. Sua mãe é uma mulher fantástica. Superou muito, aprendeu demais com as dores que a vida lhe deu. Mas, sobretudo, ela não desiste. Está sempre, sempre, se reinventando e abraçando os presentes que recebe do acaso.

Ela me contou que antes de você chegar sua vida não tinha muito sentido. Vivia cada dia como se fosse o último. Mas tornar-se sua mãe mudou tudo! Ela tem planos para vocês, e sei que trilharão um lindo caminho juntos.

Seja feliz, Pedro. E eu sei que será, pois você é amado demais.

REFLEXÃO

Que pode uma criatura senão,
entre criaturas, amar?
amar e esquecer,
amar e malamar,
amar, desamar, amar?
sempre, e até de olhos vidrados, amar?...

Carlos Drummond de Andrade, *Amar*

Sempre foi um vulcão em ebulição. De lá pra cá. Daqui para não sei onde. Sem destino e sem propósito. Desprendida de todos, de tudo e de si mesma.

Esta era a versão que Ana Maria deixou para trás quando Pedro Henrique entrou em sua vida. Pedro lhe trouxe disciplina, propósito e um amor puro.

Ser mãe transcende o processo biológico. O verdadeiro nascimento não é o parto, mas o desejo doido de construir o vínculo.

Ana Maria estava doida para conhecer melhor Pedro Henrique, porque quanto mais o conhecia, mais fortalecia aquele relacionamento, e ambos foram, pouco a pouco, se pertencendo e se amando. E para que palavras, se essa construção se faz linda nos toques, nos olhares, nas pausas?

A relação entre esses dois seres maravilhosos escancara que a biologia não é realmente determinante dos laços parentais. O afeto nasce e se fortalece quando ambos estão dispostos a dar e receber, e se sentirem cômodos e seguros para a troca.

Cabia muito apego nesse espaço, mas demandava paciência, compreensão e perseverança.

Para muitos, é uma demanda difícil demais, custosa demais, trabalhosa demais, com garantias de menos. Criar, educar, assistir uma criança não é tarefa fácil, ainda mais quando diverge do filho idealizado.

Exige-se um tempo para a família processar a realidade, iniciar o seu luto, se reconectar e então dar início às tentativas de vínculo. É necessário tempo para conhecer, entender e aceitar a criança com deficiência.

O ideal é ultrapassar o diagnóstico e as rotulações, que podem apenas alimentar a culpa e o medo de ser capaz de atentar às demandas, e passar a olhar, a observar, a conhecer a criança, os seus comportamentos, suas ações e suas expressões. Como ela se relaciona consigo e com o meio que a rodeia.

A partir desse olhar, a criança mostrará e indicará o caminho da construção do vínculo e seus comportamentos passarão a ter significado para os cuidadores, sendo mais fácil responder às suas necessidades.

Mas essa tarefa requer, além de amor, muita disponibilidade, e nem todos estão dispostos (físico, emocional, econômico) para assumir a responsabilidade. Nesse caso, o melhor é ser honesto consigo e deixar o papel de cuidador.

As deficiências físicas e intelectuais não são excludentes de necessidade de afetos. O fato de não responder aos toques, aos olhares e às palavras não significa em absoluto que não é afetado. Aliás, isso é afeto — ser afetado.

Assim que, quanto mais afeto recebemos, mais afetados nos sentimos, provocando a demanda do retorno.

O afeto é essencial para todas as crianças, mas para Pedro Henrique foi a abertura para um mundo de possibilidades. Aquele olhar dirigido e atento de Ana Maria a fez entender como Pedro funciona, suas vontades, seus desejos e suas limitações. Compreender a singularidade de uma criança e respeitar a sua temporalidade é o alicerce da confiança e do vínculo seguro.

Ana Maria desejava ser a cuidadora de Pedro Henrique. Suprir suas necessidades individuais integrais, sem negligenciar o campo social.

Inserir uma criança atípica na sociedade é certamente um desafio. Sujeita a indagações, a preconceito, a rotulações, incompreensões e pena — "coitada da Ana Maria".

Ana ouviu de sua mãe que Pedro seria um fardo para ela, uma fala que bem poderia ser de muitos que não conseguem enxergar a relação além das limitações. Aliás, são falas e olhares piedosos de uma sociedade coberta pelo preconceito.

Embora cumprisse com dedicação o papel de cuidadora, era-lhe constantemente exigida dela uma prova de vínculo, considerando os aspectos biológicos e normativos acima do afetivo.

Já não faltavam motivos para oficializar a adoção. A parentalidade já vinha sendo exercida plenamente. Ana Maria desejou e escolheu assumir o papel e a responsabilidade com amor. Pedro Henrique aceitou. A conexão se consolidou.

Sabe aquela Ana Maria desprendida? Ela permanece ativa. Desprendida de preconceitos, de julgamentos, de ignorância. Tamanho desprendimento carrega essa mulher, que descreve a mãe biológica de Pedro como uma mulher corajosa. Retirando nosso véu de rotuladores, não é difícil concordar com Ana. Tamanha coragem une as mães de Pedro Henrique.

5

MALBA E ALINE

Moro em Curitiba, e há um parque bastante tradicional aqui, chamado Jardim Botânico. Um dos cenários preferidos para as belas fotografias é o gigante canteiro de flores da espécie amor-perfeito.

Li e reli minhas anotações sobre Malba e Aline, e fiquei me perguntando como traduzir para estas páginas o que senti em nossa conversa.

E foi exatamente esta a sensação: a de estar em frente a um tapete de amores-perfeitos, intensamente coloridos. Quando o inverno vem chegando por aqui, as flores coloridas são plantadas na entrada do Jardim Botânico, pois são capazes de sobreviver ao clima ameno.

Malba e Aline são as mães de Miguel, um bebê risonho e muito esperto. Por diversas vezes durante nossa conversa, fui obrigada a parar para dar atenção ao menino que, de forma irresistível, nos convidava a rir com ele.

Ambas eram casadas com outras pessoas e, após se divorciarem de seus respectivos parceiros, passaram a sair juntas, como amigas, para curtir o novo momento que viviam. No entanto, acabavam sempre ficando uma com a outra. Com a situação recorrente, ficou claro que ali havia algo muito maior do que as saídas casuais.

Já são doze anos juntas, com muito companheirismo e amor. Malba e Aline sempre quiseram ser mães, mas, para Malba, engravidar era uma ideia nada atraente. Após aproveitarem a vida a duas, com viagens e conquistas pessoais, decidiram que era a hora de dar mais um passo — a família iria crescer!

Buscaram tratamento médico para realizar os procedimentos, pois Aline seria a gestante do casal. Como é de praxe, foi feita a estimulação ovariana para produção e coleta dos óvulos, o que foi um sucesso. Tanto que Aline doou óvulos para que outras mulheres possam ter a oportunidade de ser mães.

Os óvulos foram fertilizados com o material do doador escolhido por Malba e Aline; no entanto, nem tudo foi como planejaram. Aline teve uma reação à estimulação ovariana que poderia comprometer sua saúde durante a gestação.

Preocupadas com o possível desfecho, congelaram os embriões para aguardar a recuperação de Aline. O sonho da maternidade estava mais longe do que o esperado, mas engana-se quem pensa que o casal desistiria ou entraria em desespero.

Mais uma viagem, depois o neném! Foi essa a decisão de Malba e Aline frente ao resultado inesperado. Viajaram, aproveitaram a companhia uma da outra e prepararam-se para a jornada da fertilização.

Depois que as mudas de amor-perfeito são plantadas, podem levar até quinze dias para florescer. Aline recebeu o embrião em seu ventre, e, desse dia em diante, foram doze longos dias de espera para saber se estaria de fato grávida.

Entre os gritinhos de Miguel e seus movimentos animados, Malba e Aline se entreolharam com muita ternura ao lembrar dos dias em que aguardaram ansiosas pelo exame positivo.

Gostaria de ter tirado uma foto nesse momento, para registrar a atmosfera formada ao contarem as lembranças de quando Miguel, materializado em minha frente, era somente uma possibilidade, um sonho.

A família de Aline é muito religiosa e teve dificuldades em aceitar o relacionamento com Malba. No entanto, quando a notícia da gravidez chegou, a reação foi muito diferente do que gostariam. Dentro do tipo de pensamento heteronormativo, não fazia o menor sentido que um casal de mulheres tivesse um filho. O irmão de Aline, inclusive, cortou relações com ela, acusando-a de estar cometendo um erro absurdo.

Homofobia. É esse o nome do que faz com que pessoas excluam de seu convívio alguém como Aline, por exemplo. E, embora hoje tenhamos mais espaço, políticas públicas e leis que visam garantir os direitos e a segurança dos casais homoafetivos (e demais população LGBTQIA+), infelizmente é bastante comum que familiares tenham reações dessa magnitude.

Um tempo depois, os pais de Aline pediram perdão pela forma como se portaram e, aos poucos, foram acostumando-se à ideia de receber um neto, filho de duas mulheres.

A gestação foi linda, saudável e muito tranquila. Elas planejaram um parto natural e tudo se encaminhava para que fosse assim. Mas, com trinta e nove semanas, a pressão de Aline subiu demais. Uma indução foi iniciada, e o bebê era monitorado com muita atenção.

Contrariando as expectativas do casal, Aline precisou de uma cesariana, pela segurança de Miguel. Ela chorou demais, o tempo todo. Além da exaustão pelo processo de indução, a frustração e o medo pela saúde do bebê geravam lágrimas e mais lágrimas.

Acompanhando todo o processo, Malba procurava dar forças à companheira, enquanto tentava conter o temor pela vida do filho e da esposa. Enquanto Aline me contava sobre esse momento tão difícil, notei que Malba mordia os lábios, como quem revisitava uma sensação bastante desconfortável.

Felizmente, Miguel nasceu bem. Aline conta que seu maior medo a partir do nascimento era que o bebê fosse trocado. Ao ver o filho pela primeira vez, fez um escaneamento completo, a fim de garantir que o reconheceria.

Miguel mamou desde o primeiro momento após nascer, Aline recuperou-se muito bem da cirurgia. Desde então, a família vem adaptando-se a cada fase, buscando lidar com as dificuldades da privação de sono, uma das coisas mais difíceis da maternidade — creio que todas concordamos com isso.

As amigas de Malba e Aline já haviam alertado sobre o lado nada romântico da maternidade. E, embora não seja possível nos prepararmos para todos os perrengues, de alguma forma tudo isso flui de um jeito mais leve entre as duas.

Das entrevistas que fiz, esta foi uma das que mais ri. Testemunhei a simplicidade de duas mães, sentadas no chão, contando a história de sua família. Malba falava um pouco enquanto Aline amamentava Miguel, que, quando não estava mamando, pulava de um colo para o outro.

Na entrada do Jardim Botânico, entre dois grandes canteiros de amor-perfeito, há a estátua de uma mulher amamentando, chamada "Amor Materno", que fica numa fonte. É uma paisagem realmente muito bonita, em que é possível gastar muito tempo somente em contemplação.

Todo o tempo em que estive com Aline, Malba e Miguel, foi como estar em frente ao cenário do Jardim Botânico. Nesse dia eu vi o amor — e ele era perfeito.

Miguel,

Você ainda é somente um bebê, mas sei que o mais importante já tem: um lar com muito, muito amor.

Talvez você receba perguntas de espanto ao longo de sua vida — duas mães, como assim? Sei que isso não é da conta de ninguém e que você não deve explicações. E sei também que você saberá lidar com isso, pois suas mães estarão atentas e sempre ao seu lado.

Com o tempo você vai notar que o mundo pode ser um lugar com pessoas bem estranhas, que não compreendem sobre o amor, sobre a liberdade e sobre não serem donas da verdade absoluta. Não se preocupe, eles não são tudo o que existe.

Conhecer sua família, ver a troca de olhares entre Malba e Aline, a cumplicidade entre vocês, me fez muito feliz e grata. Foi como contemplar um pôr do sol, em silêncio, e apenas sentir uma deliciosa esperança.

Que você cresça, Miguel, com muita saúde! Porque alegria e afeto, querido... isso não te faltará!

REFLEXÃO

Quando o amor não supera as diferenças,
ele fica igual aos que não sabem amar.
Porque não há amor que não vá além do superável.
E não existe amor, quando ele se iguala a
certos ínfimos sentimentos.
Amor é grande. Amor é diferente.
Amor é, maravilhosamente, singular.

Gil Buena

A parentalidade não se reduz a um fato biológico; é também uma construção cultural. Assim há que pensar a parentalidade, além dos padrões heteronormativos.

Espera-se que os cuidadores (não apenas progenitores) facilitem o desenvolvimento de seus descendentes nas esferas física, emocional e social.

Assim, mais do que proteção, segurança e alimento, os bebês necessitam de amor. Mas o que é o Amor?

Amor é respeito, é responsabilização, é troca, é assumir riscos. Amar é buscar a nós mesmos no outro e desejar o melhor. E é disso que os filhos mais necessitam e apreciam quando lembram e recontam as suas histórias.

Não há razão que impeça ou elija uma figura representativa do amor. Não há biologia que defina pais e mães capazes de transmitir amor, assim que não há um único gênero, uma identidade, uma escolha, um sexo que se encaixe na difícil e magnifica construção afetiva. Existem pessoas dispostas a dar e receber, dispostas a amar.

O conceito de parentalidade é recente, e os critérios que a definem são constructos culturais. Vemos, a cada geração, as influências que os conceitos sociais e econômicos têm na constituição familiar.

O que nos anos 60/70 reduzia as mães solteiras e divorciadas (monoparentalidade) à marginalização e julgamentos, um verdadeiro abandono social, hoje já pode vir a público sem muitos temores de discriminação quanto a essa decisão. O que não caracteriza necessariamente uma situação menos complicada de ser vivenciada.

Porém, esse preconceito foi transposto para as famílias homoafetivas. Os pais e mães tradicionais transferem aos seus filhos o mito do filho diferente, oriundo de uma família estranha, sem papéis definidos, bichos raros e que acabam literalmente os afastando da convivência.

Não se permite que os filhos sejam livres e libertos de tamanho preconceito e tenham em seu ciclo de convivência pessoas por afinidades de amor, sem cor, sem gênero, sem religião e sem ascendentes.

A justificativa está no medo imaginário da "má influência", da dificuldade de aceitar os novos modelos familiares, haja vista ainda estar arraigada a ideia de família tradicional como exemplo de família correta na transmissão de valores e costumes.

A composição familiar homoparental é marcada pela ausência de papéis fixos, pela inexistência de hierarquias e pela presença de múltiplas formas de laços afetivos e sociais.

Em uma sociedade onde ainda se configura a mulher como responsável pela criação da prole e o pai como provedor, ter ausente uma dessas figuras tão marcadas e definidas gera não só desconfiança, como muito julgamento, infâmia e preconceito. Um lar onde não há a figura de um homem e uma mulher não pode ser um lar de fé e de amor. Blasfêmia!

As funções materna ou paterna não são estáticas e podem ser desempenhadas por qualquer dos cuidadores, sem a necessidade de um instintivo, que aliás não foi transferido ao mamífero ser humano.

Não podemos continuar a tapar os olhos à diversidade de constituição familiar e continuar no discurso da família tradicional como padrão-ouro e modelo único e decente de transmitir valores morais e bons costumes. Marginalizar as outras formas de constituição familiar apenas adoece uma sociedade e suas gerações seguintes.

Cabe às Malbas e Alines não se alienarem na desqualificação, na ignorância e no preconceito social e continuarem a admitir, a se apropriar, a sustentar e acima de tudo, se orgulhar das pessoas que são e da família homoafetiva que decidiram criar.

Não há garantias na educação e na transmissão de valores aos filhos, mas sejamos honestos sempre com os sofrimentos e nas batalhas sociais que enfrentarão, não como um sinal de inadequação, mas sim um alerta à intolerância.

6
DANIELA

Daniela é uma mulher que eu poderia descrever como hipnotizante. Traços fortes, fala firme, longos cabelos grisalhos. Dona de um sorriso largo e olhos que se perdiam marejados nas memórias que, generosamente, compartilhou comigo.

O copo-de-leite é uma planta bastante escolhida para ornamentação. É bonita, delicada e imponente. Muito embora o que chame a atenção seja sua folhagem verde e brilhante, além de suas flores brancas, que parecem moldadas à mão, as flores verdadeiras estão dentro do que chamamos de copo. Amarelas e frágeis, guardam o pólen que permitirá a perpetuação da espécie.

A gestação de Maria Luiza — a Malu — veio no momento mais perfeito possível. Casamento feliz, carreira estável, um apartamento belíssimo. Daniela sentia que tinha o controle de tudo em sua vida.

Há muito tempo Daniela pintava seus cabelos, a fim de esconder os fios brancos. Grávida, decidiu que era hora de fazer a transição e abandonou as tinturas. Esse movimento deu-lhe o insight de criar um grupo no Facebook para apoiar outras mulheres que estavam no mesmo processo.

A cada ecografia, a alegria de ver que tudo estava perfeito era indescritível. O parto natural foi planejado, uma equipe foi contratada.

Ao final da gestação, Daniela fazia uma cardiotocografia enquanto seu marido, Maciel, registrava o momento, quando o que parecia uma eterna sessão da tarde se tornaria uma série dramática, com um bom tanto de suspense. Os batimentos de Malu caíram vertiginosamente, o que fez tornou necessária uma cesárea de emergência.

Malu nasceu, não chorou. Foi apresentada à mãe muito rapidamente e levada para receber o atendimento do qual necessitava. A doula, presente no centro cirúrgico, dizia para Daniela chamar pela filha — um chamado para a vida.

Ao voltar da sala de recuperação, Daniela soube que Malu estava na UTI. A forma como recebia as informações fazia com que ficasse tranquila. No dia seguinte ao nascimento, foi ver a menina no local onde ficaria pelos próximos cinco meses.

Apesar do prognóstico nada animador e da crueldade com que era tratada no hospital, Daniela compreendeu que o lugar de Malu era em casa, com sua família. Recebeu alta com uma UTI a tiracolo e mais uma equipe com oito pessoas para auxiliar em seu cuidado.

Era impossível dormir com o barulho do home care e os sinais sonoros que apitavam sempre que algo saía do esperado. Malu tinha traqueostomia e alimentava-se por sonda. Os cuidados realmente eram intensivos.

A jornada da maternidade sempre é complexa, e sabemos que muita coisa sairá do nosso controle, mas nunca pensamos em algo tão extremo. Malu não era uma criança apta a frequentar pracinhas, shoppings e festas. Qualquer movimentação deveria ser milimetricamente planejada, de modo a não a desestabilizar.

Junto com Malu, estavam Daniela e Maciel. Seu mundo resumia-se ao lar, onde passavam cem por cento do tempo. As trocas entre mães sobre o desenvolvimento dos bebês, introdução alimentar, escolha de escola... nada disso fazia parte do maternar de Daniela.

Se já eram difíceis o isolamento e a falta de contato com outras mães, o primeiro Natal após a chegada de Malu veio para mostrar que a solidão seria ainda maior. A irmã de Daniela organizou uma festa para comemorar a data com a família. Uma festa à qual Malu não poderia ir, assim como seus pais. A exclusão sempre começa na família — foi a primeira vez que Daniela sentiu essa dor.

Apesar do dissabor com o ocorrido, a vida reservava uma oportunidade para Daniela. Há vinte anos ela não passava o Natal com seu pai, que quando soube da situação com a festa, decidiu ir para sua casa, a fim de estarem juntos para a comemoração. Foram momentos preciosos, de reconexão. Momentos que não seriam repetidos. No ano seguinte, Paulo Sérgio, pai de Daniela, faleceu.

A pessoa mais presente na vida de Malu era a avó paterna, carinhosamente chamada de Dona Lu. Assim como o pai de Daniela, sua sogra era um porto seguro para a família. No entanto, dois anos depois da morte de Paulo Sérgio, ela também morreria.

Sem rede de apoio e novamente grávida, Daniela seguia com o marido e a equipe do *home care,* cuidando de sua pequena dia e noite.

Rodrigo, o irmão de Malu, nasceu com algumas questões de saúde que necessitavam de cirurgia. Mas sua condição foi detectada ainda no pré-natal. Daniela conta que as pessoas ficaram chocadas com sua tranquilidade ao lidar com a cirurgia do filho.

Assim como no copo-de-leite, a parte verdadeiramente frágil fica escondida. Somente quem sabe o valor do que há ali é que tem acesso.

Embora Malu não pudesse sair de seu quarto, Rodrigo era levado para que pudessem interagir. O irmão, ainda bebê, puxava os cabelos de Malu, sempre trançados. Havia uma conexão muito linda entre os dois, que se comunicavam num nível que seria impossível tentar explicar — era amor.

Numa manhã comum, Malu acordou resfriada. A equipe fez os procedimentos recomendados e ela parecia bem. No entanto, a tranquilidade durou pouco. Malu piorou progressivamente, necessitando de atendimento hospitalar.

Durante os primeiros anos de vida da Malu, Daniela buscou em centros espíritas e videntes a resposta sobre o quadro da filha. Todos diziam que ela ficaria bem.

No dia 18 de março de 2022, Malu ficou bem. Após receber o carinho de seus pais, ouvir o quanto é amada e quanto são gratos por sua

vida, ela partiu para um lugar onde não havia aparelhos ligados ao seu pequeno corpo. Para um lugar em que ela pode correr, com seus cabelos castanhos balançando livres ao vento.

A esta altura do relato eu já estava aos prantos, assim como Daniela. E mesmo que cem anos passem, jamais esquecerei do que ela me disse sorrindo, enquanto secava as lágrimas:

— Eu pensava que ficar bem seria a cura. Mas ela está bem e eu sei disso.

Quando Daniela fala de Rodrigo, é como se surgisse um sol em seu olhar. Ele é a alegria desta família que tanto sofreu. Uma criança amada e esperta, que faz seus pais lembrarem das belezas que a vida tem.

Daniela, Maciel e Rodrigo estão descobrindo novas possibilidades agora. Além do isolamento pela impossibilidade de deslocamento de Malu, houve a pandemia, que prolongou o confinamento em casa.

As pracinhas, a escola, as viagens. Há todo um mundo a ser descoberto e aproveitado por Daniela e sua família. E eu sei que, por mais que vejamos apenas três pessoas andando por aí, Malu está também. Presente, para sempre.

Foi Malu quem inspirou Daniela a assumir seus grisalhos, sua fragilidade e a falta de controle que temos sobre a vida.

Hoje, Daniela é inspiração para milhares de mulheres que desejam ser como são, sem medo do que os outros irão pensar ou falar.

Daniela me ensinou que não precisamos nos fechar para a vida. Que nem sempre são cascas grossas e escuras que irão nos proteger. Podemos ser como um copo-de-leite — envolver nossas fragilidades com a delicada beleza de uma pétala branca. Tão branca quanto seus longos cabelos.

Malu e Rodrigo,

Não sei se serei capaz de colocar em palavras o que significou poder conhecer a história de vocês. Vocês são filhos de uma mãe que não parece ser deste mundo. E talvez não seja, mesmo.

Não sei se existe uma dor maior que a morte de um filho — é devastadora. Mas o que vi na Daniela foi uma fonte de amor tão grande, que transborda. E esse amor é por vocês.

O amor é o que faz pulsar a vida, e foi o que manteve você aqui, Malu, por quase cinco anos. A transformação que sua vida gerou é linda, gigante!

Quando a mãe de vocês me contava sobre como eram juntos, senti um calor delicioso envolvendo meu corpo, como se fosse um abraço de Deus.

Sabe, Rodrigo, eu sei o que é perder uma irmã. E eu sinto muito que você tenha passado pouco tempo com a Malu. Mas o que posso dizer, meu querido, é que ela seguirá com você, seja nas histórias que seus pais contarão, ou na alegria de sentir o vento no seu rosto, numa tarde ensolarada.

As pessoas que amamos ficam presentes para todo o sempre em nosso caminho. E sei que com vocês não será diferente.

Viva, Rodrigo! Com todas as possibilidades que a vida te oferecer. Recolha-se quando necessário, faça as podas que precisar. E floresça, sem medo.

Malu, querida. Obrigada por sua existência tão potente. Meu coração se enche de paz o pensar que você é infinita, assim como o amor de seus pais por você.

Que honra imensa foi escrever para vocês!

REFLEXÃO

A vida me ensinou a dizer adeus às pessoas que amo, sem tirá-las do meu coração.

Charles Chaplin

Entre as muitas teorias, existe uma sobre o sorriso de Monalisa, o famoso quadro de Leonardo da Vinci, bastante significante.

Conta-se que Monalisa e seu esposo perderam um bebê. Algum tempo depois, um novo filho nasceu e o marido então contratou Da Vinci para eternizar esse momento. Monalisa posou para o pintor sem o desejo de sorrir — nada de sorrisos abertos, afirmou. Leonardo queria que ela o fizesse, porém ela se recusou, pois não queria que a alegria do nascimento do filho apagasse a dor que sentia por ter perdido o primeiro bebê. E deu-se a expressão do meio sorriso. Meia alegria, ou quem sabe a alegria inteira, acompanhada da tristeza inteira. Um sonho realizado, mas que ainda carregava o sonho perdido.

Somos Monalisas, compostas de um repertório infinito de emoções. Somos alegrias e tristezas. Ganhos e perdas. Sorrisos e lágrimas.

A história de Daniela traduz genuinamente o que é uma vida sem controles. Somos impulsionados a sonhar, a aspirar e a planejar, o que é muito importante para seguirmos um caminho. Embora sujeito a recálculos, é importante irmos adiante. Do contrário, deixar apenas a vida nos levar parece tentador e leve, mas, a meu ver, uma atitude passiva.

A incerteza é uma condição inevitável da existência. Não há nada na vida de cada um de nós que seja totalmente previsível, com exceção da finitude. Mas há de haver esperança.

Há inúmeras razões que nos levam a sermos pais. Entre elas está, mesmo que intrínseca, a reprodução de nós mesmos, deixar materializado em um filho o nosso legado, os nossos valores, o nosso DNA, o nosso eu. Assim visualizamos um ser feliz e saudável que irá crescer, se desenvolver e seguir o ciclo natural. Mesmo diante da insegurança e das possibilidades de algo vir a ocorrer, que quebre esse ciclo, não é o pensamento que ronda os futuros pais. Até porque fazemos com que as coisas fluam para a normalidade.

Um desvio ou uma interrupção inevitável nesse plano provoca um conflito emocional profundo, um luto que acorrenta, uma dor inimaginável, que não se extingue. Não se deixará de amar, não se deixará de sentir falta, mas se aprenderá a viver com a ausência.

Diante das sucessivas perdas e processos de luto que acompanham Daniela, há a contingência de construção de um novo SER — descortinado, ressignificado, reconciliado e reinventado. Sem ocultar a dor da perda, mas seguir a alegria da vida. Dar luz à esperança.

Manter a esperança é olhar para si, é se permitir sofrer, chorar, ter medos, inseguranças e angústias. Manter a esperança é errar, mas continuar a buscar caminhos para fazer dar certo. É tentar e persistir. Ter esperança é amar.

Morrer, entristecer e viver.

E assim construímos nossas histórias; um eterno chegar e partir da mesma viagem, lotados de malas de memórias.

"Somos a nossa memória", dizia Jorge Luis Borges. Cada um de nós é quem é porque tem suas próprias memórias. Memórias únicas acompanhadas de sentido e emoção.

Então, Daniela, cada vez que olhar uma foto, uma imagem eternamente estampada em um papel (ou uma tela de celular), você recordará vividamente daquele momento, que te trará o som dos risos, a suavidade dos toques, a leveza de cada balançar. Mesmo não refletindo a integridade do momento, será o que você escolheu para recordar.

E embora a sociedade possa exigir um sorriso de Monalisa, expresse o que te faz bem, o que te faz sentido, o que te constituiu com todas as tuas histórias e memórias.

E ainda há história para viver, para contar e para recordar. A jangada em que você embarcou ao nascer segue o rio. Nele há correntezas, curvas, águas lentas e áreas rasas. Viajar ao longo desse rio te ajuda a construir, conhecer e recordar. Muitas pedras podem ser evitadas pela nossa habilidade, outras terão que ser enfrentadas. Podemos sempre descer de jangada e descansar na margem do rio. Porém, para terminar a jornada, é preciso voltar ao barco e continuar. Levando consigo Rodrigo, Maciel, Malu, Paulo Sérgio e todos os que dão sentido a essa viagem. A companhia nos dá força e leveza.

A leveza de ser. Ser quem você quiser. Com amor e muitas lembranças no coração.

7

LUCIANA

Algumas espécies de árvores levam anos para dar os primeiros frutos. Mas há algumas que, ainda que muito jovens e pequenas, frutificam lindamente. Este é o caso de Luciana.

Uma gestação não planejada aos dezoito anos é algo que pode abalar qualquer pessoa ou família. Mas aconteceu com a Luciana, e, apesar da surpresa e da quantidade absurda de pensamentos e sentimentos, ela seguiu em frente.

Sempre desejando o melhor para o bebê que chegaria, buscou informações como e onde pôde. Mesmo sem entender a fundo sobre gestação e parto, sabia que não gostaria de ser operada sem necessidade.

A gestação ia bem. A neném tinha uma má formação no sistema urinário, mas não era algo que precisasse de intervenção antes do nascimento. A barriga da mãe, como para a maioria dos bebês, era o lugar ideal para Mariana.

Mas, com 35 semanas, Mariana nasceu. Não houve emergência. Foi uma cirurgia eletiva, realizada pela insistência desumana da médica, preocupada apenas com sua própria agenda. Luciana resistiu o quanto conseguiu, não queria que fosse assim. Mas a rede cesarista sabe como plantar o medo e a dúvida. E jogam sujo, colocando em xeque o amor da mãe por seu bebê.

Para ser convencida, Luciana ouviu que 90% das crianças com paralisia cerebral são fruto de mães que insistiram em partos normais. E a velha fala: já deu tudo certo até aqui, você vai arriscar a saúde do seu bebê?

Mariana nasceu em meio à violência obstétrica. Desde a decisão da via de parto até às medidas adotadas em seguida. Foi separada da mãe por longas seis horas, e levada para Luciana somente após ter mamado fórmula. Luciana não recebeu apoio para o aleitamento. Foi levada a crer que também não seria capaz. Levou para casa sua filha e a prescrição do que seria seu alimento.

Os primeiros meses não foram fáceis para ambas. Mariana teve muitas infecções e precisou de três cirurgias para correção da má-formação. Luciana sofria ao ver as dores da filha, tendo a sensação de total impotência elevada a níveis imensuráveis ao ouvir do nefrologista que a saúde da menina seria muito melhor se ela tivesse conseguido o parto normal e a amamentação.

A culpa materna estava instalada de forma profundamente cruel, a ponto de Luciana duvidar de si enquanto mãe.

"Quanto azar desta menina ter nascido minha filha!"

O que Luciana não esperava era que, muito embora seu maternar tenha iniciado assim, meio sem querer, meio como deu, ela já era uma mulher muito forte. E uma mãe muito capaz.

Um pezinho de acerola é uma plantinha pequena, que pode crescer forte até nos menores espaços. E, bem, quem nunca ouviu o quanto seus frutos são poderosos? Tão pequenos e tão fantásticos!

Mariana ainda não tinha um ano quando foi com sua mãe a um encontro com tantas outras mães e seus bebês. Nessa ocasião, como é comum, as conversas sobre parto são pauta garantida. E, dessa forma, ao relatar sobre o nascimento da filha, Luciana ganhou como resposta uma pulga atrás da orelha.

Apenas um nome: Melania Amorim. O chão foi tirado de seus pés. A pesquisa revelou o que ela mais temia: fora enganada. Nada do que foi realizado com ela e com a filha era realmente necessário, e, ainda mais triste, não era o melhor para nenhuma delas.

Após o choque, Luciana decidiu que tanta informação não poderia ficar inacessível. Estudou muito e criou um grupo intitulado Parto Natural, no Facebook. Ali, somente informações muito bem embasadas seriam distribuídas a todas as mulheres que buscassem orientação.

Dizem que a acerola é uma das árvores que frutificam mais rápido, em torno de oito meses. E levou mais ou menos esse tempo para Luciana decidir transformar uma grande dor em missão. Formou-se doula e passou a ofertar a outras gestantes tudo o que lhe foi tirado — suporte, respeito e verdade.

Quando passamos por uma situação ruim, é comum que nos digam para encontrar o lado bom. Ou aprender com a dor. Gosto de pensar que a busca por aprender com a dor é opcional. Algumas dores só doem e pronto — aprendemos a aproveitar o alívio de quando ela passa.

Acontece que, às vezes, uma dor só é aliviada quando a utilizamos como matéria-prima, como ponto de partida para algo muito maior. O alívio vem quando entendemos que nosso passado não pode ser mudado, mas o futuro de outras pessoas pode ser melhor através do que decidimos fazer com o que nos feriu.

Luciana levou em torno de três anos após o nascimento de Mariana para conseguir falar sobre esse dia. Se no início o sentimento era de culpa por ser insuficiente como mãe, hoje o cenário é bem diferente. Há gratidão!

É emocionante ouvir o que ela diz sobre isso, com voz trêmula, típica de quem é inundado pelo sentimento de ressignificar dores:

"Obrigada, Mari, por passar por tudo isso comigo. Me levou a um lugar melhor."

Luciana cresceu enquanto mãe e profissional. Formou-se, ainda, como consultora de amamentação. Multiplicou informação de qualidade e consolidou sua carreira ainda muito jovem.

Cerca de uma década após o nascimento de Mariana, uma nova gestação. Dessa vez, muito diferente da primeira. Tudo foi planejado com seu marido. Foi possível aproveitar cada fase, tomar decisões sobre o que fazia sentido para ela e sua família. Houve suporte e informação.

Lívia nasceu em um parto normal humanizado. Todas as opções feitas por Luciana foram respeitadas, porém o fantasma da cirurgia feita há tanto tempo também estaria presente. A placenta estava aderida à cicatriz da cesariana, causando uma hemorragia que precisava ser tratada com seriedade.

Luciana foi levada a outro local para ser atendida, deixando Lívia com o pai, responsável por ter com ela a tão sonhada *golden hour.* É possível notar um grande volume de memórias passando pelos olhos vívidos de Luciana quando ela relata sobre esse momento.

Uma decisão egoísta, tomada por quem deveria oferecer ações baseadas nas melhores evidências, reverberou por tanto tempo, afetando tantas vidas.

Um longo e profundo suspiro se faz nessa parte do relato. Luciana está com Lívia nos braços, amamentando. Existe uma certa indignação em seu tom de voz, mas o que sem dúvida se destaca nessa cena é a atmosfera de amor.

Luciana é uma mulher madura, centrada e consciente do que pode ser mudado ou não. Ela acaricia as mãozinhas da neném e sorri.

"Cada mulher que não passa pelo que passei, me cura."

Luciana sabe exatamente o valor do que lhe foi tirado. E muitas de nós, mães, também sabemos o que é passar por esse tipo de situação. Conhecemos a sensação de raiva e impotência quando as informações verdadeiras chegam ao nosso conhecimento. Por isso é de uma beleza indescritível conhecer sua trajetória e o que ela foi capaz de fazer.

Ao chegar à Comunidade Ohana, Luciana sorveu toda a informação possível dos relatos que, como ela diz, são de pessoas reais, com histórias reais. Como alguém que conhece o quão caro é o desconhecimento, acompanha as diversas experiências das famílias ali presentes.

Às vezes as sementes caem por aí, sem intenção. Mas se encontram solo fértil, crescem, florescem e frutificam. Porque não importa o que pensem dela ou o quanto não a considerem — ela é o que é. Com raízes fortes, existe. Resiste. E ama demais.

Queridas Mariana e Lívia,

Vocês não imaginam o quanto foi transformador meu contato com sua mãe. Ela é uma mulher tão forte e ao mesmo tempo tão doce!

A semente de tudo o que ela representa nasceu com ela. Mas a vinda de vocês a fez crescer de forma inspiradora. Vocês foram amadas desde o início, e a vontade de oferecer o melhor às filhas produziu um impulso que transforma o mundo.

O exemplo dela é poderoso e nos ensina que não importa o quão jovens sejamos, a vida tem muitas possibilidades para quem não se conforma com o que é injusto. Nos ensina ainda que a maternidade não é uma desgraça ou empecilho, mas uma porta (que pode ser muito estreita, é verdade) para grandes coisas.

Ao andarem por aí, é possível que, sem saber, esbarrem em pessoas que chegaram ao mundo de forma respeitosa graças à mãe de vocês. Pois o que lhe foi privado a fez trabalhar muito para transformar uma realidade muito dura.

E eu sei que, quaisquer que sejam as pedras que encontrem em seu caminhar, terão um suporte incrível. Sei que serão respeitadas e que serão amadas por quem vocês são. Terão apoio para que possam, um dia, encontrar seu pedacinho de terra e plantarem suas próprias sementes.

Que a vida seja gentil com vocês, frutos de tanto amor!

REFLEXÃO

A arte mais poderosa da vida é fazer da dor um talismã que cura, uma borboleta que renasce desabrochando em um festival de cores.

Frida Kahlo

Não raro é ouvir que a culpa acompanha a maternidade.

A culpa na verdade não nasce com a mãe, mas sim na relação com os demais, na comparação com os pares, no vazio da experiência e na busca pela utópica perfeição. Só nos sentimos constantemente culpadas como mães porque o outro fez diferente e nos fez acreditar que era o melhor e — por que não? — o único caminho viável.

Antes mesmo de gerar a mulher já é habituada a enquadrar-se no papel materno, ou seja, seguir determinados padrões que os antepassados seguiram (ou se contrapor totalmente a esses comportamentos), que os especialistas citaram, que as amigas, novas mães, estão vivenciando. Seguir um manual inexistente que trará dor e culpa.

A naturalização do amor incondicional, do instinto materno, da amamentação como processo automático, entre outras afirmações correntes sobre a maternidade, só contribui para que a mãe, recém-incorporada nesse papel, se sinta fracassada por não corresponder ao que é socialmente esperado.

A culpa materna é, sim, uma construção social e cultural, e faz com que as mães estejam sempre em falta, em débito, não só com os filhos, mas com os demais, reduzindo a competência da mulher-mãe. É como colocá-la constantemente no "cantinho do pensamento" porque algo errado foi feito.

Se analisarmos todas as habilidades que adquirimos durante o ciclo de vida, sempre partimos do nada, ou de um pouco de conhecimento, e seguimos um processo árduo e extenso para alcançar. E mesmo assim, muitos não chegarão a adquirir. Porque então se exige que a mulher que acaba de receber uma vida em seus braços tenha que "saber" como fazer corretamente. Buscam-se manuais e perde-se a espontaneidade e a permissão de errar.

Luciana foi acometida pela chaga da imperfeição, da impotência e culpabilização por apenas ser MÃE. Uma culpa fortemente internalizada que coloca em xeque todas as nossas virtudes, desejos e valores.

Além da culpa, a mãe também mantém uma relação estreita com o sentimento de poder; o poder de gerar, de criar, de parir.

Certamente temos a capacidade de parir, salvo casos de ameaça real, mas que facilmente vem sendo corrompido por profissionais de saúde que coíbem as mães de se reafirmarem através do parto vaginal, dessa competência feminina.

Na construção do corpo feminino, a relação que a mulher tem com esse corpo ainda é muito definida pela história de uma sociedade patriarcal. Vergonha, obediência e passividade estão tão entrelaçadas em nossa consciência, que em momentos de fragilidade, dor, desconhecimento, como no parto e em toda a sua preparação, é fácil ser seduzida e levada à escolha de um parto cesariano, cujo chamariz é a segurança da mãe e do bebê, mesmo contra o intenso desejo contrário da mãe.

Corrobora-se então o imaginário de que a vagina é um órgão passivo, que só permite absorver e não expelir, o que contribui para a exclusão da mulher do papel de protagonista do próprio parto. Desempoderar a mãe pela impossibilidade de mostrar que o seu órgão genital também é ativo e capaz de expulsar um ser desenvolvido naquele corpo.

O saber médico é nesse momento sobreposto ao poder da equipe diante da fragilidade e do temor da mãe, em um momento em que ela necessita de muito apoio, informação e suporte, e a voz mandatória da equipe que a acompanha é legitimada.

Luciana estava informada, ciente e decidida da sua escolha pela via do parto normal, mas foi induzida a uma ação inversa. A culpa pela cesárea e por todas as suas implicações e ocorrências coube apenas à mãe.

Uma culpa por não conseguir dar voz ao seu desejo, por não ter ecoado o som do seu apelo, por não poder afirmar a sua capacidade feminina de parir naturalmente.

Luciana, essa culpa nunca foi sua, e sim de uma sociedade que mantém o poder como lei.

Aqui não nos cabe julgar as que optam pelo parto abdominal. Aliás, julgar outras mães é desconstrutivo para uma sociedade em busca de igualdades e direitos. Mas que essa escolha seja da mulher informada, orientada, a partir de uma indicação técnica que considere e faça prevalecer a autonomia da mulher.

Sorte nossa que Luciana recuperou a sua voz e ressignificou a sua culpa, transformando-a em apoio, ajuda e informação. Apoderou-se de conhecimento e força para amparar com sororidade, e assim se perdoar e reparar esse irrespeitoso episódio.

Transformar a culpa em responsabilidade positiva, em olhar para a sua história, sem mais autopunição, com ciência de que não poderá mudar os fatos, mas, sim, promover uma rede materna de informação e empoderamento.

A dor da Luciana não será sanada, a cicatriz está lá, mas ajudar outras mães auxilia a olhar para essa ferida com afeto e esperança. E que cada vez mais as mulheres possam exercer o seu real protagonismo do parto.

8

MaCris

No horário marcado para conversar com MaCris, enviei o link para que fizéssemos a reunião. Ao abrir a câmera, me senti diante de uma tela de cinema, tamanha a beleza da mulher que me esperava.

Tímida, disse que não tinha uma grande história para contar. Fiquei me perguntando que tipo de mentira contam para nós, a ponto de acharmos que não é algo extraordinário o fato de sermos responsáveis por vidas que são o futuro do nosso mundo.

MaCris é uma mulher negra, com belas tranças nos cabelos. Muito alta, como imaginamos ser uma jogadora de basquete profissional, de fala tranquila e riso fácil. Além de atleta profissional, é pedagoga, especializada em psicomotricidade e neuropsicopedagogia — cursos que fez para manter-se ocupada durante a pandemia, quando já era mãe de três crianças, incluindo uma recém-nascida.

O baobá é uma árvore imensa, imponente. Além disso, é bastante resistente ao fogo e é um ótimo reservatório de água para os tempos de seca.

MaCris é a mais nova de vários irmãos. A "raspa do tacho", como costumamos dizer. Começou a jogar basquete aos onze anos e não parou mais. Sempre muito comprometida com os treinos, era vista como alguém que não seria mãe. Mas esse desejo sempre esteve presente.

Segundo MaCris, ela nunca soube o que queria da vida, além de ser mãe. Não tinha planos profissionais, muito menos de se casar. Mas a maternidade era algo inegociável, ainda que as pessoas desconhecessem esse seu lado.

Durante um jogo, machucou o joelho e precisou de um tempo para recuperar-se da lesão. Com a pausa forçada, refletiu sobre a vida, e estar adiando demais seu sonho de ser mãe. Em seis meses, estaria grávida de André.

Ela sabia que engravidar poderia ser o fim de sua carreira como atleta. Os treinos, campeonatos, viagens — nada disso seria compatível com a maternidade. No entanto, não foi bem assim. Muito querida dentro do meio (e bastante talentosa, claro), MaCris continuou a receber ofertas de trabalho.

Certa vez, durante uma final de campeonato, André chorava demais na arquibancada. MaCris precisou sair da quadra para acalmá-lo. Após amamentar o filho, voltou ao jogo e levou a vitória para casa.

O baobá floresce apenas um dia no ano. Isso me faz pensar numa característica de MaCris: ao decidir fazer algo, ela faz. Pontual, decidida, não tem tempo para olhar para trás.

Enquanto André ainda era pequeno, jogou fora do Brasil algumas vezes. E recebeu um convite bastante especial. Foi morar em Lima, no Peru, para jogar por um time local.

Ficou lá até que ele entrasse em fase de alfabetização, e acabou resolvendo voltar ao Brasil, tanto para que o filho passasse por essa fase escolar quanto para ter outro bebê.

Quando perguntei para MaCris o que significa ser uma mãe negra, num primeiro momento ela hesitou, como se não houvesse diferença. Com a mão no queixo, pensou por alguns instantes e, com uma risadinha quase sem graça, me disse:

— A gente se acostuma às microviolências, né?

Conta que jamais foi chamada de termos racistas de forma descarada. Mas o racismo velado sempre esteve presente. Ainda em Lima, foi com o então marido e seu filho ao mercado do bairro, onde foi abordada pelo segurança, que acusava o casal de estar tentando roubar a jaqueta que o filho vestia.

MaCris é mãe de André, Adriana e Daniel, nascido em setembro de 2020, num dos piores picos da pandemia. São três crianças negras, que por causa do racismo somam uma série de itens a mais na lista do que devem aprender.

Quando Adriana nasceu, ainda na maternidade, MaCris precisou preencher os documentos para a certidão de nascimento da filha. O que era para ser somente uma burocracia se tornou um embate. A enfermeira responsável não se conformava que a mãe da neném estava marcando a opção "negra" na pergunta sobre a cor, como se fosse algo quase lamentável para o futuro da menina.

Quando MaCris decide, é porque todas as possibilidades já foram exploradas. Há um ano compreendeu que seu relacionamento com o pai das crianças já não fazia mais sentido. Segue solo, com seus três filhos.

Ao perguntar como ela está com relação a isso, respondeu muito tranquilamente que está ótima. E, nesse sentido, posso dizer que a entendo completamente: choramos o que devia ser chorado, tentamos o que devia ser tentado, conversamos o que devia ser conversado. Agora é daqui pra frente. É a florada certeira.

Algumas espécies de baobá possuem o tronco oco e podem servir como abrigo, por terem um diâmetro generoso. MaCris é abrigo para seus filhos, e isso transparece na tranquilidade com que descreve sua maternidade. Adepta da criação respeitosa, observa atentamente as características de suas crianças, de modo a oferecer a elas o melhor possível.

Eu não sei o que é ser negra, ou mãe de crianças negras num país em que, embora sejam a maior parte da população, são os que mais morrem e são excluídos do acesso a seus direitos básicos. Mas sou filha de uma mãe negra, a qual vi ser humilhada incontáveis vezes durante a minha vida.

Comentei com MaCris sobre o que presenciei em casa. Houve silêncio e, vou ser sincera, tive muita vontade de chorar ao ouvir que ela precisa orientar o filho, que já sai sozinho, a não mexer na mochila de determinadas formas dentro de lojas. Que precisou avisar André de que ele certamente será abordado pela polícia, e as formas seguras para enfrentar tal situação.

São situações comuns, é verdade. Mas jamais serão normais, embora boa parte de nossa sociedade já as tenha normalizado. É injusto que os jovens negros não tenham direito a uma existência livre. Que a menina Adriana tenha ressalvas com seu cabelo crespo, e MaCris e seus filhos sejam vistos como algo exótico, como se não fossem humanos.

O baobá é muito resistente ao fogo. Mas é também um excelente reservatório de água.

Quando penso nisso, lembro-me de algo que ela me contou, e que ensina aos filhos:

"Prestem atenção nas brigas que vocês compram."

A sabedoria de quem sabe que a sua indignação não pode sobrepor-se a sua segurança e bem-estar. De quem, ao final do dia, só quer o que todas nós, mães, queremos — todos os filhos em suas camas, sonhando tranquilos.

O artista Criolo canta que 'só o amor pode te afastar do canhão'. Aqui, faço uma pausa para respirar. Eu realmente não sei como MaCris achou que não tinha nada para me contar ou para dividir com outras mães, pais e demais leitores destas páginas.

A imagem que vi naquela mulher tão serena, bonita e forte, foi a do amor. Foi a firmeza de uma mãe preta, brasileira, que é quem melhor representa as mães da nossa nação.

As pessoas ao redor de MaCris achavam que ela não seria capaz de criar outros seres humanos, mas posso garantir que estavam completamente enganadas. A capacidade ali transborda de maneira inspiradora.

André, Adriana e Daniel,

Vocês são crianças fantásticas, e não poderia ser diferente. São filhos de uma grande mulher, forte, serena e muito inteligente.

Assim como sua mãe, também nunca sou bem o que queria da minha vida. A não ser a maternidade. Vocês são desejo da vida da mulher que os trouxe ao mundo. E isso é muito lindo, mas também poderoso.

Sei que a vida não é sempre fácil, que nem sempre as coisas saem como planejamos. E que, muitas vezes, achamos que estamos fazendo tudo errado, que não acertamos nunca.

Quando esses momentos chegarem, lembrem-se disso: a vida de vocês não é e jamais será um erro. Vocês são fruto do amor, que os deixará confortáveis em meio aos dias ruins.

Uma das coisas mais lindas que vi ao conversar com MaCris foi o quanto ela os respeita. A lucidez sobre não criar expectativas irreais sobre vocês e suas escolhas para o futuro.

Meu desejo é que cresçam confiantes no potencial que vocês têm, certos de que, quaisquer que sejam seus caminhos, haverá sempre um abrigo para voltarem.

O baobá pode ser oco, mas não é vazio. O que há ali é espaço para a vida circular livremente.

REFLEXÃO

Se você está tentando alcançar, haverá bloqueios. Eu tive e todo mundo teve. Mas os obstáculos não têm que parar você. Se você topar com uma parede, não vire e desista. Descubra como escalar, passar por isso, ou trabalhar em torno dela.

Michael Jordan

No basquete, nada parece ser o que é. É passível de mudança até o último segundo. Complexo, repleto de conceitos e mobilização. Não há tempo para a poesia, mesmo diante de tamanha beleza. É ação permanente, criatividade tática e vigilância. É Maria Cristina!

Uma pessoa estranha, como ela se autointitula, seguiu um caminho não habitual a seus pares. Já na adolescência mergulhou de corpo e alma no mundo do esporte. Enquanto os demais da sua idade estavam "de boa", MaCris treinava duro, sem deixar os estudos, levando calmaria e despreocupação aos pais.

A paixão e a dedicação dessa atleta ao basquete são tamanhas, que o que pode parecer supraesforço, momentos e fases perdidas, e prazeres desperdiçados, para ela são apenas escolhas.

É assim também que Maria Cristina encara a maternidade, e consegue, na sua natural imperfeição, conciliar com o esporte — UMA DOCE ESCOLHA DE VIDA.

Sem tapar os olhos e a voz para os desprazeres, as dificuldades, os sacrifícios e as abdicações, MaCris enxerga além e assume todas as responsabilidades pelas suas eleições. Aprendeu e aceitou escalar os muros e recomeçar sempre que sua vida teve que entrar em pausa, sossego e contemplação da maternidade.

Mãe de três crianças distintas, cada qual com seu desafio na educação, Maria Cristina se abarca de conhecimento, de técnicas, de trocas e de promoção de uma educação respeitosa.

A dedicação e o empenho dessa mulher são essenciais e plenos. Não só absorve informação de qualidade, mas também retribui, adaptando-as ao público. É gentil, preocupada e atenta às demandas — o puro conceito de propagação universal, indissociável e igualitária de conteúdo.

Uma cesta de três pontos fora das quadras, o filho primogênito André segue os passos da mãe no esporte. Um seguimento, aliás, que existe desde pequeno, quando já fazia das quadras um segundo lar.

Maria Cristina concilia realmente basquete e maternidade. Com André a tiracolo, jogou, venceu, mudou de país, treinou, sossegou, enfrentou preconceitos, se fortaleceu, seguiu.

Em terras andinas, teve a família acolhida por uma diretora de escola infantil, que não só introduziu André na educação formal e na socialização entre pares, como também permitiu que MaCris apresentasse uma pedagogia mais lúdica e horizontal ao colégio.

Maria Cristina fez de uma escola rígida, de pedagogia tradicional baseada em performance, um espaço para plantar novas propostas de ensino, que condizem com seus preceitos e com o que pratica na educação de seus filhos. Foi uma sementinha, que quiçá não vingasse, mas que ali foi deixada.

Adriana, um chute certeiro, precioso e forte, daqueles que vêm para mudar todo o ritmo da partida. Ao avesso de MaCris, e para desafiá-la, Adriana é meiga, extrovertida, faladora, "cocotinha", e de um caráter pra lá de marcado. Uma leoa destemida.

Daniel, o caçula, é o sopro de paz e sossego na tensão de um jogo de final de campeonato. Uma surpresa real em um imaginário desejado de três filhos, chegou em um contexto de caos pandêmico, de restrições e incertezas para bagunçar e atestar que no colo da mãe Maria cabia mais um.

Maria Cristina não omite as dificuldades de ser mãe de três filhos, não ignora os percalços de criar filhos negros em uma sociedade com tantos preconceitos, não deixa de assumir medos e culpas que povoam seus pensamentos, não está alheia às críticas pelo modo escolhido de criação mais livre.

Mulher de poucas, mas certeiras palavras, respeita os seus chamados. Não se contentou em viver uma vida menos bela do que desejaria para os seus filhos e se permitiu libertar de uma relação que não fazia mais sentido. Separou-se do companheiro de longa data, pai dos seus filhos, embora todos os vissem como o casal perfeito. MaCris se resgatou.

Acredita piamente e defende a importância de promover a autonomia das crianças. A nossa Maria torna possível o que Maria Montessori pregava sobre a capacidade das crianças de aprenderem pela experimentação, pelo lúdico, respeitando o ritmo, a personalidade, a liberdade e a individualidade de cada uma.

Maria Cristina pratica a amamentação prolongada. MaCris entra no mundo das crianças e cria brincadeiras com qualquer material. É adepta do uso de fraldas ecológicas. Lê e estimula a leitura aos seus filhos. Estuda, faz e promove a disciplina positiva.

Maria Cristina não é uma mãe perfeita e não almeja ser, mas é uma mãe que atesta que uma educação positiva e respeitosa é possível em qualquer ambiente, apta para qualquer constituição familiar e sustentável em qualquer classe sociocultural.

É uma tarefa árdua, com certeza, e requer conhecimento, estudos e disposição. Indiscutivelmente demanda muito autoconhecimento e quebra de paradigmas, mas em contrapartida oportuniza aos nossos filhos autoestima, liberdade, responsabilidade e respeito.

Assim como a maternidade, a criação respeitosa é uma escolha de vida. MaCris não as vê como perdas, como uma anulação do ser mulher, profissional e atleta, mas como uma seleção consciente, uma priorização responsável e benéfica.

O olhar do outro ao desconhecido, ao novo e ao diferente é de antemão impregnado de conceitos e valores. Enfim, somos sujeitos compostos por vivências, subjetividade e cultura.

Buscar novos caminhos educativos, lançar-se em novos desafios, experimentar, errar, reaprender e repetir é trabalhoso e não conveniente para todos. Seguir os seus princípios não a impede de ser questionada, julgada e invalidada. A vontade de desistir fará parte desse processo, mas que cada queda seja propulsora de ressignificações e desejo de continuar a jornada.

Muitas vezes, cabe a nós escolher as batalhas que valem a pena. Você, Maria Cristina, é a primeira a erguer essa bandeira — e isso não significa que baixamos a cabeça e concordamos com as imposições. Se recuamos, é para nos fortalecer e buscar outros caminhos a seguir, leal a nós e aos que amamos.

9

BRUNA

Conversar com Bruna foi interessantíssimo. A cada cinco minutos, ela quebrava algum paradigma ou apresentava uma nova perspectiva sobre os mais diversos temas. Houve também imensa identificação, como pessoas neurodivergentes que somos.

Bruna é oriunda de uma família pequena, onde jamais recebeu a cobrança de casar-se e ter filhos. Sua mãe, descrita como fantástica, parou de trabalhar para cuidar de Bruna e sua irmã. Mesmo com um marido ausente e dificuldades que só seriam descobertas por suas filhas na fase adulta, ela ofereceu às crianças uma gama fascinante de vivências.

Aos doze anos, o pai de Bruna saiu de casa. O relacionamento entre ambos seria bastante abalado a partir de então.

Dona de uma existência inquieta, Bruna era considerada instável para ser mãe. Aos dezesseis anos, casou-se pela primeira vez e viveu vários relacionamentos desde então.

Bruna é uma pessoa não binária e não monogâmica, que vivia um relacionamento já fragilizado pela distância imposta pela pandemia. Sua namorada vivia em outro estado. Nesse momento de sua vida, resolveu dar uma chance a Eduardo, amigo de longa data. Sempre houve algo muito forte entre ambos, mas foi necessário mais de uma década até que pudessem estar juntos.

A crença de que não servia para ser mãe era como uma névoa na visão de Bruna. Por muito tempo parecia uma verdade incontestável. Mas, como tantas coisas que mudam com o passar do tempo, isso também foi ressignificado.

A sociedade tem uma visão engessada e bastante irreal de como deve ser uma boa mãe. Assim como os padrões estéticos são intangíveis, os padrões designados para a maternidade também são completamente distorcidos e impossíveis.

Não é muito difícil descredibilizar uma pessoa que já não se encaixa no que a sociedade chama de ideal — mas Bruna refez muitas das ideias sobre si. Com isso foi possível compreender que, sim, o desejo de ser mãe era genuíno e pulsante.

Bruna tinha a certeza de que seria muito difícil engravidar. Em nenhum de seus outros relacionamentos, mesmo com certos deslizes no quesito contracepção, ocorreu uma gestação. No entanto, parecia que a vida estava esperando o momento certo para presentear Bruna.

No segundo encontro com Eduardo, Bruna engravidou. Após realizar o teste de farmácia, o impossível tornou-se palpável — duas tiras bem clarinhas anunciavam que havia uma grande mudança a caminho. Sem conseguir falar com Eduardo, Bruna correu até o laboratório mais próximo, a fim de realizar um exame de sangue.

Já eram tempos pandêmicos. Bruna e Eduardo, juntos, participavam de uma reunião on-line. Apesar da presença virtual, suas mentes não pensavam em outra coisa senão atualizar freneticamente o site do laboratório.

Um F5: resultado pendente. Outro F5: resultado pendente. O milésimo F5: resultado liberado. Coração na boca. Respiração acelerada. Ao abrir o resultado, um amontoado de números a serem interpretados.

É verdade, a lógica é simples. Mas com a iminência do que poderia ser a melhor notícia de suas vidas, é praticamente impossível saber o que é maior ou menor que o valor de referência. Conheço bem essa sensação.

Positivo. Grávida. Mesmo, sem dúvidas. A reunião on-line era sobre o quê, mesmo? Nada mais importava — eles eram, oficialmente, pais.

Sou jardineira de apartamento, amadora, claro. Volta e meia busco novas espécies e fico sonhando em tê-las comigo. Uma das flores que pretendo plantar é a gloriosa. Ao ler minhas anotações sobre Bruna, vejo que faz muito sentido pensar nessa planta.

Gloriosa não é uma flor comum. Possui pétalas bastante singulares, com ondulações que lhe dão um aspecto fabuloso. São brilhantes, vivas!

Ao perceberem a fabulosa transformação que ocorreria em suas vidas, Bruna e Eduardo decidiram morar juntos. Na semana em que se mudariam, Bruna teve que lidar com uma baita puxada de tapete. Seu pai, a quem ainda não tinha contado sobre a gestação, morreu. Eduardo nem sequer havia sido apresentado ao sogro, e seu primeiro encontro foi trágico.

O pai de Bruna morreu em casa, e Eduardo precisou arrombar a porta para ver o que havia acontecido. Bruna, extremamente fragilizada, precisou deixar nas mãos do companheiro toda a parte difícil de lidar com a polícia e demais burocracias que esse tipo de situação exige.

Aparentemente, no roteiro da vida desse casal não havia espaço para inícios suaves. Apesar disso, Bruna e Eduardo seguiram a gestação tranquilamente. Fizeram um ensaio fotográfico, curtiram as etapas. Desejavam um parir numa casa de parto, tinham tudo minimamente planejado.

No entanto, com 34 semanas de gestação, uma ecografia de rotina trouxe uma informação preocupante — o bebê estava com restrição de crescimento e a recomendação era que fizessem rapidamente uma consulta com a médica responsável.

Bruna não conseguiu o atendimento rapidamente, mas a médica, por telefone, informou que o parto não poderia mais ocorrer como o planejado, mas deveria ser em ambiente hospitalar. Além disso, ela precisaria ser internada para indução com 37 semanas.

Uma corrida contra o tempo foi iniciada para comprar tudo o que faltava para a chegada do bebê. Apesar de seguir todas as recomendações, o crescimento seguia restrito, e por isso o plano da indução foi mantido.

Pelo protocolo, o bebê precisaria ter mais de dois quilos para não ser enviado à incubadora. Dani nasceu com exatos 2,046 kg — uma pequena margem que permitiu que fosse direto para o colo de seus amorosos pais.

O parto foi bastante respeitoso. Apesar das intercorrências, tudo o que Bruna havia pedido foi considerado. Pôde alimentar-se durante o trabalho de parto, ficou nas posições que eram mais confortáveis. Um de seus desejos era ver o bebê coroar, e ela teve essa oportunidade.

Segundo Bruna, Dani foi uma criança recém-nascida tão linda, que era mais encantadora que um filhote de gato. Quem já viu vídeos de gatinhos sabe do que ela está falando. É uma fofura tão grande, que certamente há uma pesquisa que demonstra que liberamos muitas substâncias maravilhosas no organismo. E assim foi com Bruna e Eduardo ao verem seu bebê — uma intensa e maravilhosa onda de amor e bem-estar os envolveu.

Gloriosa é uma planta que não tolera a estiagem. Precisa ser regada com constância para que possa desenvolver seu potencial. Bruna viveu diversos relacionamentos, mas eles não forneciam a rega da qual necessitava. Quando pergunto a Bruna sobre seu relacionamento com Eduardo, a resposta é um sorriso e um suspiro bem fundo.

— Não gosto nem de falar, pois acham que é mentira. Mas nosso relacionamento é muito bom. É perfeito. Sou uma pessoa muito amada e respeitada, o tempo todo, em qualquer circunstância.

Gloriosa não necessita de podas. Deve crescer livre, como Bruna. Enquanto pessoa neurodivergente, pode ser assustadora a sensação de um motor a mil por hora em sua mente. E é comum que a sociedade venha com sua tesoura de jardinagem e tente podar os milhões de conexões, ideias e pensamentos que essa mente agitada apresenta.

Compreender que isso não é um erro, mas uma forma de existir — a inconstância, a intensidade e as mudanças constantes de projetos e ideias são parte da pessoa fantástica que é. Fazem de Bruna alguém única e fascinante, como a flor que é muito diferente da maioria.

Dani é um bebê criado sem a premissa dos estereótipos de gênero. Seu sexo não interessa a quem não é responsável por seus cuidados. É uma criança livre para vestir o que quiser, sejam roupas de heróis ou fantasias de fadas.

Algo bastante presente na população trans é a falta de lembranças da infância e adolescência, no sentido de não se identificarem com o gênero apresentado nas fotografias. Essa é uma preocupação de Bruna e Eduardo — geram memórias que poderão ser condizentes com as escolhas de Dani no futuro.

Bruna, Eduardo e Dani são uma família normal, como todas deveriam ser — construíram um lar cheio de amor, respeito e felicidade.

Dani,

Eu poderia ficar horas conversando com sua mãe. É claro, me identifiquei demais com a mente acelerada que possui. Mas não é só isso. Foi um encontro que me ensinou demais.

Eu sei que as pessoas se preocupam com coisas muito estranhas e tratam isso como se fossem essenciais — cores de roupa, cortes de cabelo, temas de festas.

Você é livre para existir, em toda a grandeza que lhe couber. E, na verdade, você tem o essencial — amor, cuidado e afeto.

A história da sua vinda ao mundo é linda e me arrancou muitos sorrisos. Sua mãe sonhou com você, acredita?

Não tenho dúvidas de que o suporte que precisar, terá dentro da sua casa. O cuidado de sua mãe e de seu pai formarão alicerces firmes, que te farão forte e gentil.

Gloriosa, a flor que escolhi para sua mãe, é assim: não aceita o pouco e não precisa ser podada. Gosta de abundância e liberdade.

Que sua vida, Dani, seja gloriosa!

REFLEXÃO

Em si, a homossexualidade está tão limitada como a heterossexualidade: o ideal seria ser capaz de amar a uma mulher ou a um homem, a qualquer ser humano, sem sentir medo, inibição ou obrigação.

Simone de Beauvoir

Quando buscamos um emprego, há uma lista de requisitos para preencher tal vaga: graduação, experiências, idiomas, "gênero". Mesmo sendo alguns questionáveis e até dispensáveis, há um objetivo nessa proposta. Mas e quando nos deparamos com uma lista de exigências prévias à maternidade? Há requisitos para ser mãe?

Para Bruna parecia haver. Requisitos implícitos em um comportamento inquieto e instável diante de uma sociedade que está bem longe da calmaria e da segurança.

Mas ser inquieto é visto como atípico, um comportamento que incomoda, que perturba a ordem, que desorganiza e desestrutura.

Tamanho é esse desconforto que os adultos temem quando as crianças, mesmo em tenra idade, apresentam agitações e excitações, e são levados a questionar se há "algo errado", e a uma possível patologização.

Sem refutar a existência da agitação como sintomas de transtornos disruptivos e ansiogênicos, deve ser encarada com parcimônia, avaliação especializada e tratamento dirigido.

O inquietante, segundo Freud, é alguém ou algo não necessariamente misterioso, mas "estranhamente" familiar, que provoca angústia, confusão e aversão, mas que é, desde muito, conhecido. Algo familiar, mas que deve ser mantido em segredo.

O questionador inquieto é o desordeiro, o gerador de conflitos, o "fora da curva". O que não se contenta em seguir o caminho traçado pelo GPS social, mas sim buscar rotas que fazem sentido, com que se identificam, mesmo que para tanto se cause desconforto e estranheza alheios.

Bruna carrega essa complexa inquietude, que, ao mesmo tempo que a inspira, a move e mantém a sua pulsão vital, também a estagna.

Em uma sociedade patriarcal, que visa o ideal de família tradicional, Bruna não se encaixa na binaridade, tampouco no estandarte da monogamia. Simples e grandiosamente Bruna.

Justamente por não seguir esse "padrão" cultural, é passível de julgamentos, rotulações, discriminações e atitudes desrespeitosas.

Diante do que não conhecemos, vale sempre a premissa da reciprocidade assimétrica e entender que o outro é singular, atuante, desejante e diferente de nós, não nosso espelho. Assim, melhor que tratá-lo como deseja ser tratado, conheça-o, escute-o, compreenda-o e acima de tudo, o respeite.

Desassossegada, Bruna seguiu se ouvindo, se compreendendo e se ressignificando. Ao invés de escutar os outros, seguiu o seu SABER. Enfim, não são estereótipos, identidades e preferências que definem uma mãe.

Aliás, mãe não se define, mãe se vive, se experiencia e se constrói. A maternidade foi transformadora para Bruna. Ela não apenas contrariou as dúvidas que pairavam sobre ser uma "boa mãe", como abraçou a maternidade em sua plenitude.

Fiel às evidências científicas, fez de seu maternar uma defesa plena da medicina, e se orgulha imensamente disso. Não só pratica, mas defende e promove uma educação respeitosa, embasada e de acordo com os seus preceitos.

O ser mãe não cabe em um dicionário, é algo único e subjetivo. Ser mãe, para Bruna, é, segundo suas palavras, "um abraço que vai de mim, pra Dani, pra Eduardo, para o nosso mundo, e que o nosso mundo devolve pra nós três, repleto de amor".

Um infinito de amor particular, que bem poderia ser impermeável, mas que ao deparar-se com o mundo exterior, enfrenta as dores de uma sociedade que adoece em estereotipias e rotulações, que busca enquadrar o que não precisa de enquadre. E isso dói, machuca, angustia, sufoca. Mas é nesse lar, nessa família sem adjetivos que Bruna, Eduardo e Dani se reconstroem, se entendem, se respeitam e se amam.

10

PATRÍCIA

Uma menina com apenas dezesseis anos, grávida. Muitos de nós podemos emitir diversas opiniões sobre isso, mas o fato é que ninguém imagina o que aconteceu antes da gestação. E nem somos capazes de imaginar o que há de vir após o nascimento do bebê.

A equipe que atendia Patrícia em seu primeiro parto, aos dezesseis anos, a julgou desde o início. Cometeram todas as violências obstétricas e psicológicas possíveis. A menina ficou sozinha, sem direito a um acompanhante.

Ao fim do parto, que embora tenha sido vaginal, jamais poderá ser chamado natural, o saldo era uma episiotomia imensa (foram 12 pontos) e o rosto do bebê cortado pelo uso do fórceps. Muitos absurdos foram ditos a ela, por causa da pouca idade.

A sensação é a de que a violência fora premeditada, numa intenção sinistra de traumatizar a jovem para que não cometesse o mesmo "erro" novamente. O que não imaginavam é que Patrícia vinha sendo punida gratuitamente desde o seu nascimento.

Nascida em um lar repleto de desequilíbrios, Patrícia não tem memórias de um dia tranquilo em sua infância. O pai, extremamente violento, batia nela, na mãe e em seus irmãos. Diariamente. Por qualquer motivo.

Por volta dos oito anos, após ela e seus irmãos serem salvos de um ataque de facão, se viu correndo uma madrugada inteira em busca de socorro. A mãe conseguiu tirá-los da cidade onde viviam para reconstruir suas vidas longe de toda aquela violência.

Após um ano, o pai os encontrou e prometeu mudar. A mãe, com medo, aceitou. A promessa não foi cumprida, e os ataques tornaram-se cada vez mais violentos. Os irmãos de Patrícia casaram-se muito cedo, num movimento de livrarem-se do lar inabitável.

Para Patrícia, ainda menina, restou o silêncio. Não importava o que ela fizesse, seria punida. Ela tinha medo dos natais e todas as demais datas festivas, que eram dias de muita bebida e surras. Eram dias em que a vida estava por um fio.

Sozinha, sem acolhimento ou orientação, aos treze anos foi estuprada. Com dor e vergonha, sem entender o que havia acontecido, apenas guardou para si todo o pavor. Certamente seria culpabilizada caso contasse à família.

Pouco tempo depois, conheceu o homem que se tornaria pai de dois de seus filhos. Ao descobrir o namoro, o pai de Patrícia a espancou, deixando seu nariz quebrado. Ela engravidou do namorado e por esse motivo foi obrigada a se casar.

Enquanto mulher e mãe que sou, foi muito difícil ouvir tudo isso. A vontade que tinha era de pegar essa menina tão vulnerável e contar a ela que sua vida não seria para sempre assim. Mas a Patrícia de dezesseis anos ainda sofreria muitos golpes.

A araucária é a árvore-símbolo do Paraná, estado em que vivo. Embora seja parte importante da Mata Atlântica, foi deliberadamente explorada pelo homem, a ponto de estar ameaçada de extinção.

É uma planta imensa, que pode ultrapassar os cinquenta metros de altura. É também bastante forte, capaz de resistir às mudanças de temperatura. Mas seu crescimento é lento. E pela forma como foi explorada, precisa da atenção das autoridades para que não seja extinta de nossa vegetação.

Patrícia não admitia a ideia de criar o filho da mesma forma que foi criada. Não tinha apoio, apenas críticas, mas insistiu em amamentar a criança e cuidar dela com o respeito que gostaria de ter recebido.

Com dificuldades financeiras, Patrícia viu-se obrigada a mudar com o marido e o filho para a casa dos pais. Ao contrário do esperado, o pai não a agredia mais, e era apaixonado pelo neto. No entanto, a mãe de Patrícia ainda era alvo de surras quase diárias.

Após mais um episódio de violência, Patrícia conseguiu que os irmãos a ajudassem a tirar a mãe daquela situação. Enviaram-na para outra cidade em segredo para que ficasse longe da vida cheia de violência. O pai, mesmo já envolvido com outra mulher, era obcecado pela mãe de Patrícia e não tirava da cabeça a ideia de saber seu paradeiro.

Numa tarde qualquer, o pai de Patrícia tirou a própria vida. Sei que para muitas pessoas a morte de alguém tão violento pode parecer motivo de alívio, mas não é bem assim.

Patrícia amava seu pai. Seu filho amava o avô, que passava todos os dias, às 18 horas, para deixar um pacote de biscoitos para o menino.

Eis aqui uma grande lição para nós, pais e mães: as crianças nos amam, independentemente do que somos. E essa é uma grande responsabilidade, pois nossas atitudes estão diretamente ligadas ao valor que nossos filhos enxergam em si mesmos.

Extremamente deprimida e solitária, Patrícia engravidou novamente. Foi uma gestação difícil, com mal-estar constante, além do cansaço. O parto foi muito difícil mais uma vez. Outra episiotomia, e muito silêncio de sua parte, a fim de não "incomodar", para não ser punida demais por parir tão jovem.

Eduardo estava com cinco anos quando passou a ter comportamentos estranhos. Prostrado, reclamava de dores de cabeça, vomitava. No entanto, levou muito tempo para que dessem ouvidos a Patrícia. Finalmente uma médica descobriu o que o menino tinha: um tumor no cérebro. O que poderia ser um episódio trágico se tornou um milagre. Contrariando as expectativas, Eduardo foi operado e sobreviveu sem sequelas.

A experiência de quase perder o filho mexeu com Patrícia de forma irreversível. Refletindo sobre a própria vida, compreendeu que precisava fazer algo por si. Passou a trabalhar na portaria de um condomínio no turno da noite.

Dessa forma, ela chegava em casa às seis da manhã, a tempo de levar os filhos para a escola. Dormia por duas horas e então ia buscá-los, após cuidar da casa e aprontar a comida.

Ainda sem apoio do marido, Patrícia manifestou o desejo de voltar a estudar. Foi rechaçada pelo marido, que a considerou incapaz. Ela ainda suportou por algum tempo, mas a gota d'água foi quando ele passou a bater nos filhos.

O marido chegava em casa após um dia de trabalho e ia jogar videogame. Patrícia estava jogando sua vida fora e não era culpa da maternidade, mas do relacionamento abusivo em que vivia.

Após onze anos de relacionamento, mãe de Eduardo e Pedro, Patrícia cansou de fazer de conta que tinha um bom marido. A julgar pelo padrão de seu pai, seu marido não era tão ruim. No entanto, a realidade é que ela estava sozinha. Sempre esteve. Ela não apanhava, mas não conseguia ir ao médico ou fazer qualquer outra coisa que necessitasse de apoio.

O agora ex-marido não acreditava que ela iria embora sozinha com duas crianças. Ele não via valor algum naquela mulher que o serviu por tanto tempo. Não acreditava que ela seria capaz de fazer algo por conta própria.

Ele estava absolutamente errado.

As araucárias possuem uma linda copa em forma de taça, como se fossem ser enchidas por algo servido do céu. No entanto, a copa só se desenvolve após o amadurecimento da planta.

Patrícia ganhou altura e começou a ver a vida. Encontrou exemplos em outras mulheres que mesmo sozinhas conseguiram trilhar o próprio caminho.

Terminou o ensino médio e ganhou uma bolsa para estudar enfermagem. Continuava em seu emprego, então sua mãe parou de trabalhar para cuidar dos netos enquanto Patrícia mantinha sua pesada rotina.

Ela morria de saudade dos filhos, a quem pouco via. Buscava aproveitar cada segundinho dos finais de semana para estar com eles.

As araucárias fêmeas produzem pinhas, que quando maduras nos fornecem o pinhão — um alimento nutritivo e delicioso. Quando criança, juntava pinhas nas ruas para pintar e fazer enfeites de Natal.

Patrícia não tem mais medo do Natal. Nem de qualquer outra data festiva. Ou de derrubar algo, cometer um erro. Ela vive em um lar seguro.

Hoje ela vive com Felipe, seu companheiro. Um homem criado por mulheres, que levou um bom tempo para ganhar algum espaço no coração de Patrícia. Depois de ganhar tanta altura, ela não permitiria ser cortada.

Cautelosa, permitiu-se ser amada. Por muito tempo teve a sensação de que do dia para a noite tudo seria estragado. Ela não estava habituada com o que todas nós merecemos: uma vida cheia de segurança e respeito. Uma vida com dignidade, em que não é preciso viver na defensiva.

Eduardo e Pedro ganharam um novo pai, que os ama plenamente. Patrícia e Felipe decidiram ter mais um filho. Dessa vez a experiência foi totalmente diferente. Foi uma gestação linda, saudável e nada solitária.

Patrícia pariu Lorena, e o nascimento da filha não foi tratado como uma punição. Foi tratado como o que realmente era: a chegada tão bem-vinda de uma criança.

Passei algumas horas em silêncio após conversar com Patrícia. Era bastante conteúdo para processar. Escrever sobre ela me dá a sensação de dever cumprido, no sentido de honrar a história dessa mulher.

Patrícia era uma candidata à extinção. E nenhum de nós teria o direito de julgá-la caso tivesse sido esse o desfecho. Ela conta que sempre teve vontade de morrer, mas que hoje tem medo. Quer viver tudo o que for possível.

Poucas semanas após nossa conversa, Patrícia teve sua formatura. Vi nas redes sociais uma foto sua, de beca. Linda, sorridente, amamentando Lorena. Coloquei essa imagem num porta-retratos reluzente na parede das minhas memórias.

Patrícia venceu situações que matam muitas de nós. Sua vida é uma semente, e sua história renderá muitos, muitos frutos. Assim como as araucárias, resistiremos.

Eduardo, Pedro e Lorena,

Creio que já saibam o quanto a mãe de vocês é maravilhosa. Além de ser linda, dona de um sorriso largo e generoso, é uma criatura que transborda força e resiliência.

Com ela aprendi tanto! Sobre perdão, sobre seguir em frente. Sobre descobrir o valor que temos, independentemente do que nos tenham feito.

Vocês são amados e sei que são a parte mais forte de Patrícia. A parte que permitiu que ela encontrasse forças para vencer situações violentas e inaceitáveis.

Patrícia me mostrou que, enquanto há vida, é possível mudar. É possível reprogramar a rota, transformar a realidade.

Muitas mulheres terão o privilégio de ser bem atendidas no momento de parir, graças ao trabalho da mãe de vocês, que, recém-formada enfermeira, iniciou a especialização em obstetrícia. Ela não somente ressignificou as próprias experiências, mas fez disso uma bandeira, uma missão.

A vida de vocês é um presente. Uma oportunidade de realizar o impensável. É a prova de que o amor é poderoso e pode transformar o pior dos cenários. O amor é a única saída possível.

Vocês são frutos preciosos, que amadurecerão e, no tempo certo, criarão as próprias raízes, folhas e prosperarão no que decidirem fazer.

Sigam com a certeza de que possuem uma fortaleza para chamar de mãe.

REFLEXÃO

Viver é continuar uma história que faz parte da história de alguém que veio antes, de um tempo, de uma época, de tal modo que estamos sempre lidando com restos, troféus e assombrações do passado.

Gutfreind*

Um lar feliz. Um lugar que te abraça, te acalenta, te assossega. Um espaço onde a alegria, a liberdade, a confiança e a cumplicidade imperam. Onde não há brechas para a violência, para a repressão e para o medo.

Esse é o lar que Patrícia cria, dia a dia, para os filhos, com o lindo apoio do atual marido, que — Patrícia enche a boca para falar — ama a paternidade.

Um ambiente livre de agressões sempre foi o sonho dessa menina que muito cedo "aprendeu" a ser adulta para buscar o seu espaço. Isso porque tudo o que presenciou na infância e adolescência foi dor e sofrimento.

Que não houve momentos felizes? Talvez, mas a memória só cedeu lugar às agruras.

Usar a força física, emocional ou moral para conseguir algo, para se impor ou para dominar alguém é VIOLÊNCIA. Agora, quando esse ato se dá no ambiente familiar, onde se espera proteção, incomoda e machuca ainda mais.

---

* GUTFREIND, Celso. *Narrar, ser mãe, ser pai e outros ensaios sobre a parentalidade.* Rio de Janeiro: Editora DIFEL, 2010.

Infelizmente, não é nada incomum ouvir e presenciar histórias de famílias violentas, de criação à base do chicote, do grito e do castigo. Lares aonde não se deseja voltar, por medo da repressão gratuita.

Uma vida de hipervigilância, de medição de atos e palavras, de coações, de tristeza e de sonhos desconstruídos. Aliás, que sonhos, se as conquistas se restringem a sobreviver?

Nascemos sedentos por cuidados, segurança, carinho, proteção e alimento. Chegamos ao mundo abertos, passivos e recebedores. Do outro lado, quem nos abarca já traz uma história, vivências e conflitos.

Os primeiros cuidados, as primeiras figuras de representação, as experiências iniciais influenciam, mas não determinam, o crescimento, as significações e as relações que seguem.

Automático e errôneo é conceituar um ser humano apenas pelas vivências iniciais ou prejulgá-lo pelo papel que desempenha na sociedade considerando as primeiras experiências familiares.

Nascer e crescer em um lar violento deixa marcas, mas não define quem será o indivíduo na relação com os demais, tampouco o impede de ser pai ou mãe com comportamento funcional.

Ter como exemplo uma criação violenta em um lar disfuncional não deve ser determinante, tampouco justificante da continuação e transmissão desses comportamentos às seguintes gerações.

A vivência da violência na família de origem pode contribuir para a manutenção do padrão familiar de violência, ao mesmo tempo que esses modelos interacionais podem ser quebrados e modificados a partir de novas e saudáveis interações, principalmente quando rodeadas de vínculos amorosos. Há uma escolha difícil, mas temos que acreditar.

E Patrícia acreditou; mais do que isso, fez acontecer. De menina, construía com suas bonecas a família feliz; aquela que nunca tinha visto, mas que sempre idealizou, transformando a fantasia em um ótimo recurso interno de resiliência.

Sempre sonhou em ser mãe, justamente para criar, junto aos filhos, um verdadeiro Lar. Um desejo de ressignificação, reparação e resgate, da vivência com os ancestrais. Uma oportunidade de reformular os defeitos, que também servem como referência, mas para serem superados.

Patrícia contextualizou as suas vivências e assumiu que a sua história faria total diferença na educação dos filhos. Mesmo sem um exemplo a seguir, não afrouxou, e avançou, aprendendo na prática diária a construir uma família na certeza de que não desejava a criação violenta que teve.

Essa mãe oferece amor. Doa aos filhos o que não recebeu dos pais, um amor único e autêntico, deixando-os livres. Patrícia olha para a sua prole e quer que a sua falta seja a suficiência deles. A construção genuína do amor.

Orgulha-se imensamente da confiança, da liberdade e da voz que todos os integrantes da sua família têm. De poderem falar sobre tudo, a qualquer tempo e momento, sem medo de retaliação.

Patrícia sofreu calada. Falar sobre os abusos podia gerar apenas descrédito e mais violência. A família, vista como órgão sagrado e inquestionável em uma sociedade patriarcal e com fortes influências religiosas, como palco da violência, é de difícil intervenção e ruptura.

Denunciar aqueles que te deram vida, aos quais nos foi dito que devemos amar incondicionalmente pelo fato de serem nossos pais; não associar a amor e carinho os gritos, os tapas e as humilhações dirigidas, só porque são os únicos momentos de convivência, é tarefa árdua, e muitas vezes impensada.

Mas não há quebra de ciclos destrutivos se esse pensamento não puder ser revisto, se as reivindicações, os apelos e as histórias de violência não puderem ser explícitos e vir a público.

E como começar a desconstruir esses ciclos? Se amando. Se reconhecendo como um indivíduo singular e independente, merecedor de amor, de respeito e de acolhimento, um sujeito com desejos e vontades, direitos e responsabilidades.

Que o respeito não se perpetue como sinônimo de autoridade, rigidez e unilateralidade. Que a educação positiva, com verdade, confiança, convivência, criação de boas lembranças, com esclarecimento e informação, seja cada vez mais presente, e responsável pela ruptura de ciclos nocivos.

E Patrícia alivia a sua alma, revendo, relatando e ressignificando a sua história. Esse é o poder e a intenção da nossa escrita. Transmitir histórias é um constante ciclo de reparação e construção.

11

RENATA

Ouvir Renata falar é reconfortante. Seu tom de voz é otimista — quase um abraço. Quando começamos a conversar, não imaginava o tamanho da história que me esperava.

Lembrou-me de quando comprei novas plantas para habitarem o meu apartamento. Dentre as várias folhagens à disposição na loja, três ramos de bambu me chamaram a atenção.

Bambus costumam crescer bastante, mas eles demoram para dar o start. Engana-se quem acha que não há nada acontecendo. As raízes crescem freneticamente, e, após estarem maduros, sua estatura chega a assustar. Literalmente de um dia para o outro, muitos centímetros são adicionados, e não param até atingirem seu potencial máximo.

Renata nunca imaginou ser mãe. Era uma criança curiosa, inquieta com os porquês do mundo. Desbravadora inata, amante da vida e suas oportunidades. Aos dezesseis anos já havia terminado o ensino médio e decidiu estudar turismo e hotelaria. Rapidamente inserida no mercado de trabalho, ganhou espaço e mudou de curso.

Cursando administração, descobriu cedo o gosto por ouvir pessoas. Muito provavelmente essa sua veia para o cuidar fora plantada ainda na infância. Os familiares adoecidos eram tratados em sua casa por seu pai e mãe, que são médicos.

A vida parecia promissora para a jovem Renata. Portas se abriam para seu jeito inovador e cheio de coragem. E foi justamente essa sua forma de ser que a levou a aceitar um convite inusitado, feito por uma colega de trabalho: velejar.

O que era diversão de fim de semana rapidamente se tornou paixão. Em pouco tempo, Renata representava o Brasil nos Jogos Pan-Americanos de Santo Domingo. Ela e sua dupla eram favoritas ao pódio, mas nos metros finais seu barco virou. Sem chance de recuperação, restou-lhe o quarto lugar.

Renata tentou viver do esporte, mas acabou retornando para a empresa na qual trabalhava. Casou-se e, em comum acordo com o marido, decidiu desbravar o mundo. Ter filhos era um projeto para um futuro bem distante.

Tudo saía conforme o planejado. Viagens, aventura, uma ida de carro ao Atacama. No entanto, seu barco virou novamente. Renata engravidou, mesmo não sendo seu desejo para aquele momento.

Pedro chegou e, com ele, mastite, depressão pós-parto e a certeza de que o filho era um limitante de sua liberdade. Haveria chegado ao fim a história da versão aventureira de Renata?

Renata foi tomando o que chama de pílulas de realidade e compreendeu que, enquanto perdia algumas coisas, ganhava muitas outras.

O nascimento de Pedro fez de Renata a primeira mãe do local onde trabalhava. Mesmo sem querer, ela seguia sendo uma desbravadora — desta vez, não de um deserto, mas de uma empresa.

O ritmo de trabalho seguia frenético, e as demandas da maternidade, adicionadas ao imenso volume de atividades, foram desenhando um novo caminho para a recém-mãe. Já não seria mais possível permanecer em uma reunião até altas horas, pois precisava buscar seu filho na creche. Ela se tornou a pessoa que saía antes do fim, que não estava completamente disponível.

"Renata, não é por você ser mãe que vou deixar de te cobrar performance."

Após ouvir essa frase de sua chefe, Renata pediu demissão. Foi trabalhar com amigos, numa empresa de consultoria. Quando o trabalho começou a engrenar, uma nova surpresa: a segunda gestação.

Certa de que estava segura em seu novo ambiente de trabalho, Renata sentiu novamente a dureza com que o sistema trata as mães. Foi pressionada a mudar de função, por não ser estável o suficiente a ponto de estar na linha de frente da empresa.

João nasceu, e desta vez o pós-parto foi mais tranquilo. Foi possível amamentar, a depressão não deu as caras. Renata colocou o filho no berçário e voltou ao trabalho.

O que parecia ser uma retomada foi na verdade uma nova virada do barco. João tinha oito meses quando Renata recebeu uma ligação do berçário, pois o bebê não parava de vomitar. Em pouco tempo ela deu entrada no hospital com o filho nos braços em parada cardiorrespiratória.

Ninguém sabia dizer o que João tinha. Foram anos de desespero, consultas, exaustão. O menino teve ao todo quatro paradas cardiorrespiratórias e incontáveis episódios de vômito e diarreia. Nenhuma resposta ou sinal do que estava acontecendo.

Desesperada, buscou acolhimento com o padre responsável pela igreja onde havia casado. Contou tudo o que estava passando, despejou os anos de dúvidas e medo. João recebeu a unção dos enfermos. Renata recebeu um conselho:

— Por que você não posta os sintomas do seu filho no Facebook?

Renata postou. E recebeu o contato de alguém que mudaria o curso dessa jornada no escuro. João tem uma doença rara, que na época era novidade e nem possuía CID.

O nome do que causou esse pesadelo é FPIES — Síndrome da Enterocolite Induzida por Proteína Alimentar. Foram dois anos em isolamento até que pudessem compreender como a síndrome funciona e o que poderiam fazer para manter João seguro e com saúde.

João voltou para a escola, com vários protocolos a serem seguidos. Renata sentiu que poderia pensar novamente em sua carreira.

Mas a vida não se importa muito com nossos planos, não é mesmo? Quando emergiu das águas turbulentas que a envolviam, Renata deparou-se com o fim de seu casamento.

Ela estava sozinha, sem emprego e com dois filhos para criar.

O que parecia ser o fim era um recomeço. Assim como o bambu, que parece estar estagnado até que tenha seu crescimento disparado, Renata encontrou forças em suas raízes, já fortes o suficiente para levá-la às alturas.

Renata compreendeu que havia deixado de habitar a mulher que é. Por muito tempo habitou somente a mãe.

Há cinco anos fora do mercado, seu conhecimento estava defasado para que pudesse voltar ao cargo de consultora. Os desafios pareciam não ter fim, e era inacreditável ver que tudo o que havia sido construído até então não existia mais.

Re-nata: a que renasce. O caminho seria reconstruído, em suas palavras, tijolinho por tijolinho. Se antes a maternidade era um fator limitante, agora se tornou o sentido, o motivo para seguir em frente, para resgatar a mulher corajosa e completa que sempre foi.

Quando criança, gostava de procurar cometas no céu com seu pai. Passava muito tempo sintonizando pacientemente o rádio amador até encontrar algo audível. E essa natureza desbravadora e curiosa estava de volta.

De um dia para o outro, centímetros podem ser adicionados aos bambus. De um dia para o outro, as portas voltaram a ser abertas para Renata. Um amigo lhe ofereceu uma vaga para trabalhar em sua empresa. Voltou a lidar com pessoas, a atualizar-se, e aprendeu sobre comportamento humano.

A maternidade, por fim, deu a Renata uma visão mais ampla sobre tudo. Ao estudar sobre o desenvolvimento infantil, compreendeu que todos precisamos de segurança psicológica, inclusive adultos em ambiente de trabalho — um dos nichos que atende hoje.

De um dia para o outro, Renata cresceu muitos centímetros, e passou a apoiar mães. Porque a maternidade não deve ser "instagramável", mas franca e acolhedora, como uma conversa entre amigas.

Não sei se ela ainda procura cometas no céu, mas é uma grande desbravadora de soluções. Uma sonhadora, que trabalha para que mães tenham o direito a realizarem-se profissionalmente.

De um dia para o outro, Renata cresceu mais centímetros ainda e se perguntou: por que deixei de velejar? Retomou sua grande paixão, e desta vez o barco não virou antes da linha de chegada.

Re-nata. Renasceu Campeã Brasileira de Vela Feminina de 2021, e segue velejando em competições femininas e mistas.

Depois que os bambus iniciam seu crescimento, não param mais até alcançarem a altura que lhes cabe. A vida de Renata não parou de ter surpresas, inclusive ruins. Mas ela compreende que passou muito tempo formando raízes fortes, que suportarão o que vier.

Pedro e João,

Não posso imaginar como foi difícil o início da vida de vocês. Tantas mudanças e uma doença misteriosa. Preocupações demais para crianças tão pequenas.

Mas o que vocês precisam saber é que são filhos de uma campeã. Não somente pelas medalhas e títulos conquistados, mas pelo caminho que a mãe de vocês construiu.

Saibam que a força que ela precisava para renascer após tantas dificuldades estava em vocês, os filhos amados dessa mãe que tanto sonha e realiza.

Não tenham medo da vida, nem dos recomeços. Vocês são filhos de uma mulher capaz de renascer muitas vezes, e certamente possuem essa capacidade também.

Lembrem-se de que a existência de vocês ressignificou dores, medos e incertezas. Trouxe luz para momentos de escuridão.

E, não, toda essa importância não é um peso. Somente um legado, cujo maior presente é a liberdade para serem quem são.

Sejam felizes, desbravem o mundo e descubram seu próprio caminho. Mesmo que ele precise ser reinventado muitas e muitas vezes.

REFLEXÃO

A necessidade de procurar a verdadeira felicidade é o fundamento da nossa liberdade.

John Locke

Velejar, mais do que atravessar o meio líquido utilizando a força do vento, é aventurar-se, é seguir o fluxo; liberdade e desapego. O ato de velejar exige amor, conhecimento e sabedoria, assim como a maternidade. Ambos são aventuras, desafio e força, mas também tranquilidade e leveza.

Deixar a terra e entrar na água significa sair do local conhecido, seguro e previsível, e deparar-se com o extraordinariamente incerto. Velejar é uma aventura que exige ousadia e coragem. O que é então a maternidade, senão um velejar?

Renata aprendeu a desbravar as águas, a seguir o vento, a dominar o leme em busca do sentir-se livre. Liberdade, o poder de ter autonomia e espontaneidade, de agir conforme a própria vontade, mas um conceito bastante questionável, podendo ser considerado utópico.

Como viver a liberdade no meio de tamanha contingência? Conhecer e dominar algo não nos exclui das adversidades. Podemos prever, mas nunca controlar.

Ser mãe, para alguém que não aspira a esse papel, pode parecer, sim, limitante da liberdade, e o é. Haverá uma imensidão de atos e planos que, antes comuns, com o ser mãe se transformam e também se perdem. Ilusão acreditar que tudo se acomoda. Muito se transformará a partir da largada.

As conexões não são instantâneas. É natural um certo estranhamento entre dois seres que, embora envoltos em uma relação simbiótica, acabaram de se conhecer. Como o despertar de um novo dia, em um novo lugar e uma nova roupagem. Ser mãe exige tempo, paciência, reconciliação com o que ficou e humildade para abraçar o que está por vir.

A relação de cada mulher com a maternidade é singular e atemporal. E nada mais impróprio do que julgar, questionar, delimitar ou exigir uma incorporação brusca desse papel ao repertório feminino.

À recém-mãe é necessário dar o espaço e a visibilidade perdidos com a chegada de um bebê. Afinal, o puerpério é um fluxo intenso de transformação, que nos mostra quão difícil é nos reconhecermos nesse novo mundo.

Seguramos o leme em uma direção que talvez nos leve para águas mansas, ou nos coloque em uma imensa tempestade. Aprendemos a guiar quando nos lançamos — desesperador, medonho, infindável, aconchegante e terno. Maternidade.

Esse processo de habituação com a maternidade é tão incongruente que, ao mesmo tempo que desejamos estar sós, tememos deixar nosso rebento sob os cuidados de outrem. Um efeito-mola — estendo, mas com a convicção de que voltará ao ponto inicial.

E no meio de toda essa descoberta está o dilema maternidade e mercado de trabalho. O iminente término da licença-maternidade abrindo mais uma ambivalência emocional.

Vontades que não assimilam a realidade. Desejos de voltar, mas também de ficar. Resgatar a mulher profissional, mas agregada à mulher-mãe. Deparar-se com novos e volumosos desafios, enredado em desigualdades e preconceitos.

É um momento de muita dificuldade interna e pouca compreensão externa, como mencionado pelo psicanalista Alexandre Coimbra Amaral.

Nesse momento a sensação de perdas é inevitável: perder o tempo precioso no trabalho, quando poderia estar com o filho; perder espaço no mercado, deixando de atualizar-se profissionalmente e na iminência de ser substituído por outro; perder os convívios sociais e a oportunidade de ir além do ser mãe; perder a supremacia dos cuidados do bebê. Enfim, perder é o primeiro verbo que pode rondar as mentes maternas.

E é exatamente o inverso desse movimento que nos fará (re)apropriarmos de todos os nossos papéis, sem exageros, sem anulações e sem culpas, iniciado por uma autorreflexão sobre expectativas e realidade, além de diferenciar a autoexpectativa das expectativas sociais.

Uma culpa que pode estar muitas vezes relacionada à romantização dos papéis equilibrados, da possibilidade de igualar todos os pratos com maestria, quando na verdade eles estarão sempre desalinhados e cairão. Isso não é sinal de incompetência, de fraqueza e de menos-valia, e sim, tentativa de abrir portas, de flexibilizar e ir além.

Levar o SER MÃE para o SER PROFISSIONAL é aceitar que não será igual. O tempo, a performance, as prioridades mudam com a maternidade, e isso não significa que se perdeu, mas que se rearranjou, assimilando como uma oportunidade de ser mais flexível, buscar novas rotas e ver novas possibilidades a partir das habilidades que você descobriu e adquiriu na maternidade, que até então eram inimagináveis.

O ideal é voltar a um trabalho que coexista com a maternidade, porém sabemos que para isso há uma grande mudança social a ser feita. Ambientes mais empáticos e acolhedores, empresas que promovam a diversidade e benefícios flexíveis.

Há um buraco gigante e um desafio tamanho, mas que não deve ser só encarado pela mãe, mas também pelos pais, líderes de empresas, colegas de trabalho e políticas públicas.

Renata aprendeu a desbravar lugares inóspitos, cheios de escuridão, incompreensão e obstáculos, mas após conhecer e se apropriar dos caminhos, optou por ajudar os demais a também embarcarem nesse autoconhecimento e recolocação.

12

ROBERTA

Roberta é uma grande mulher. Não somente em sua existência, mas seu porte é fora do comum. Ao nascer, foi notícia por seu tamanho. A vida já anunciava que ela viveria grandes coisas e que seus ombros largos suportariam muitas cargas.

Tudo em Roberta é em abundância: doçura, força, resiliência, fé. Dores, também — ela não foi poupada. Logo na infância, ficou desabrigada com sua família após seus pais perderem tudo em decorrência do plano de governo vigente na época.

As hipérboles de sua vida — do luxo ao lixo. Literalmente. De uma casa confortável, com refeições fartas, para o carro da família, o único teto restante. Comida era o que a sorte permitia, sempre menos do que a fome pedia.

A pequena grande Roberta viu sua infância passar em lares compartilhados com outras famílias em situação parecida com a que viviam. Ela e seu irmão mais novo brincavam de remover o concreto dos tijolos que sua mãe cuidadosamente pegava de um velho galpão abandonado.

Uma especialista em recomeçar, em respirar fundo e seguir o caminho que não podia ser alterado. Roberta não brigava com a vida, mas, a exemplo da mãe, desmanchava o que era preciso e reconstruía um novo cenário.

Assim foi quando recebeu a oportunidade de estudar na cidade grande. Voltou a morar de favor. Aquela imensa mulher precisava passar despercebida, ocupar muito menos espaço do que lhe seria justo. Humilde, ela sempre colocou suas necessidades em último lugar, o que lhe rendeu sérios problemas.

Costumamos esquecer que grandes árvores também podem ser derrubadas. Que também sofrem com a violência dos ventos e tempestades. Que também precisam de água, adubo e poda.

Apesar de aguentar muito, não aguentou tudo. Tombou.

Um transtorno alimentar estava instalado, mas numa sociedade gordofóbica ninguém se importa com uma magreza excessiva. E assim como uma praga que parece enfeitar uma árvore, o problema não parou por aí.

Roberta adoeceu gravemente. Rodrigo, que na época era seu namorado, socorreu-a por telefone, até que seus pais a encontraram caída embaixo da cama, totalmente desconectada da realidade. Foram longos meses de cuidados intensos, proporcionais à dor existencial que sentia.

Recomposta, apesar de já não ser mais a mesma, Roberta decidiu ir a pé até Aparecida. Um ato de fé em si mesma.

Pela primeira vez, Roberta estava sentindo a grandeza de sua natureza.

Preparada para o pior, não fez grandes planos. Escolheu cuidar das raízes. Junto com Rodrigo, guardou dinheiro para construírem uma casa quando casassem. E assim foi feito.

Há muito tempo sabia que não seria simples caso decidisse engravidar. E o que foi simples para ela, não é mesmo?

Roberta tem algumas questões de saúde, como transtornos hormonais, além de ovários que lhes foram descritos como pequenas e secas uvas passas. Mas para ela e Rodrigo isso não era um problema. A adoção sempre foi uma opção para eles.

No entanto, resolveram arriscar a sorte, sem grandes expectativas. No primeiro ciclo após parar com o anticoncepcional, a gravidez veio.

Apesar dos sintomas, pensou estar doente. Ela de fato não esperava que isso pudesse acontecer. E qual não foi a surpresa ao pegar o resultado positivo? Rodrigo e ela choravam, celebravam e não podiam crer, tamanha a alegria.

No dia seguinte à notícia, ainda sem contar para a família, Roberta teve muita cólica e sangrou. Preocupada, pediu ao pai uma carona até o hospital, sem grandes explicações. Como sempre, preparada para o pior, nossa gigante entrou na sala de ecografia. Sozinha, como em tantos momentos difíceis de sua vida.

No escuro da sala de ecografia, Roberta recebeu a notícia que mudaria (ainda mais) sua vida: a gravidez era gemelar. Ao ouvir os dois corações batendo, o que descreve como a melhor sensação de sua vida, Roberta esvaziou-se do medo que a paralisava. Ainda vejo seu sorriso radiante ao falar sobre esse momento:

— ***Havia vida dentro de mim. Eu não estava vazia!***

Ao contar para o pai, ansioso por notícias na sala de espera, os pacientes que aguardavam para ser atendidos tornaram-se uma plateia animada, aplaudindo o avô que anunciava:

— É dois, é dois! Vou ser avô de dois!

A notícia pegou a família toda de surpresa. Rodrigo soube que seria pai de gêmeos pelo telefone. Ficou mudo, sem ar! O irmão de Roberta e sua esposa pensavam ser pegadinha. A sogra, que recebeu a notícia pessoalmente, demorou para compreender o que estavam contando a ela. Alegria sem fim!

E assim, oficialmente, Roberta frutificou. Uma gestação tranquila, saudável e, claro, com muito preconceito. A sociedade não perde a chance de violentar uma mulher grávida e obesa. Incontáveis vezes, Roberta ouviu comentários absurdos, que questionavam sua capacidade de gestar, de produzir vida.

Anna Maria e Lucca chegaram numa cesárea intraparto. Prematuros, foram para a UTI. Ao todo, foram nove dias de internamento. Ambos com refluxo. Foram muitos sustos com engasgos e muito sofrimento para se acertarem com a amamentação.

Após a alta, passaram os primeiros meses na casa dos pais de Roberta, que recebia os cuidados de seu pai. Ele era sua extensão no cuidado com os gêmeos. Mas também cuidava da filha, que contava ainda com alimentos frescos preparados por sua mãe, que deixava as mamadeiras prontas para os netos.

A sogra também passava o dia com Roberta e os gêmeos, ajudando com banho, trocas e o que fosse preciso. Ao anoitecer, Rodrigo assumia o turno de cuidados, para que Roberta pudesse descansar.

A frondosa e frutífera Roberta estava sendo regada. Com amor, na proporção de sua grandeza.

Após a estadia na casa dos pais, passaram mais um tempo com a sogra. Era chegada a hora de irem para o lar que construíram com tanto amor. Foram longos dias e infinitas noites. Sozinha com as crianças durante todo o dia, Roberta viu minguar todas as dúvidas sobre sua capacidade. Como ervas daninhas, crenças negativas a seu respeito foram arrancadas mês após mês.

A insônia tornou-se o quinto membro da família. Por causa do refluxo das crianças, em especial de Anna Maria, Roberta passava boa parte da noite sentada, com os bebês presos ao seu corpo.

Aquela estrutura tão grande continuava a ser abrigo e segurança para Lucca e Anna Maria.

Acolhidos, desabrocharam. Os sons dos balbucios tomavam conta da casa, assim como os brinquedos e o cheiro de filho, que é o melhor do mundo. Mas Roberta, sempre atenta, notou que havia algo peculiar no desenvolvimento das crianças.

Invalidada pelo pediatra em suas observações, Roberta manteve-se firme na busca por respostas. E conseguiu. O diagnóstico? Transtorno do Espectro Autista.

Com a resiliência de quem já viveu o inesperado mais vezes do que imaginamos ser possível, segue cuidando, amando e protegendo seus pequenos, hoje com quase cinco anos.

Roberta é parte preciosa da história da Ohana. Na comunidade, encontra o acolhimento com informações não baseadas em achismos, como ela mesma diz.

Emotiva, chora ao ler tantas histórias de dor, mas também de superação. Nos dias difíceis, encontra espelhos nos relatos de outras mulheres e segue com a força de quem sabe que a vida pode ser melhor se a gente não levar tudo a ferro e fogo.

Quando penso em Roberta, a frase que me vem à mente é: "a vida encontra um meio".

Lucca e Anna Maria,

Não é por acaso o tamanho da mãe que têm. Com ela, vocês subirão a lugares altos e verão belas paisagens. Depois, um vento de primavera os levará por aí, para que encontrem terra fértil e firmem suas raízes, floresçam e frutifiquem!

Vocês são herança de um amor muito grande. São um sonho realizado. São a realidade, com a qual sua mãe sabe lidar muito bem, ainda que haja dores. Não tenham medo da vida, nem da existência atípica de vocês.

Desejo que, nos dias difíceis, encontrem na memória o sorriso largo e sincero que ela tem e vejam a escuridão ser dissipada, como no amanhecer. Que encontrem refrigério na sombra do acolhimento.

Vocês não existiriam sem a Roberta, é verdade. Assim como também é fato que Roberta não existiria sem vocês. Não a mulher que conheci, refeita, plena em afeto e sabedoria. Vocês são o broto de vida que a fez renascer.

Sejam felizes. E quando for preciso, lembrem-se de recomeçar. Há folhas que precisam cair, mas a vida encontra um meio — sempre haverá primaveras!

REFLEXÃO

Mulheres altruístas tornam a sociedade eficiente, mas não bela, verdadeira ou justa. Quando mulheres se anulam, o mundo perde o seu caminho. Não precisamos de mais mulheres altruístas. O que precisamos no momento é de mais mulheres cheias de si.

Glennon Doyle*

— Imagina uma mãe com fobia social levar as crianças para brincar no parquinho?

Entre outros medos de Roberta, esse rasgo fóbico permeia sua maternidade.

Desde sempre a ação encontrada por Roberta foi compartilhar. Mais do que isso, doar-se, fazer pelo outro, a ponto de deixar de estar presente, de ser. Em uma sociedade que vive o preconceito, encontrou proteção nesse gesto. Na tentativa de mudar o foco e não ser mais conhecida por rótulos, e sim pela "generosidade".

Esse comportamento defensivo é muito comum para os que são marginalizados por não corresponderem aos estereótipos sociais — esse mesmo social fóbico de Roberta.

Antes da expressão da fobia social, frequentava as festas e noitadas paulistanas para corresponder às vontades alheias, pois não via muito sentido nesse ato. Fosse na tentativa de se ausentar das casas que vivia, ou por estar integrada aos grupos, essa não era uma vontade própria, daquelas que saciam e dão prazer.

* Doyle, Glennon. *Indomável.* Rio de Janeiro: Harper Collins, 2020.

Mas para alguém que desde muito cedo abriu mão de seus próprios desejos para sobreviver, eram esses os atos habituais em seu repertório. A vida é colocada no modo automático, sem espaço para indagações, e somos muitas vezes tragados pelo caos temporal.

Dormir, para Roberta, era um luxo. Talvez realmente fosse, para essa mulher que desde pequena compartilhou camas e abrigos. Sabe aquele sonho de mães (e filhos) do quartinho lindo e cômodo, com traços pessoais e detalhes mimosos, que parece ser um grande urso que te acolhe ao dormir? Não foi bem a realidade da garotinha Roberta. Então, dormir pra quê? Dormir literalmente doía para ela.

Nosso corpo é um motor que aguenta muito. Passa da ultravelocidade a uma parada brusca em milésimos de segundo sem nos avisar. Porém, também tem um limite, embora às vezes não acreditemos nessa façanha e insistamos em mantê-lo em potência máxima.

Se não olharmos para essa máquina e a revisarmos com pausas constantes e amigáveis, ele para, comumente, sem emitir qualquer alerta.

Roberta fatigou o seu corpo, sem intenção e objetivo, mas demandando demais de si para se sentir pertencendo ao mundo que cada vez mais exigia dela. A mulher tem que aguentar, é um bicho forte, guerreiro e imune. Ela e muitas de nós ouvimos incontáveis vezes essa afirmação, mas a vida nos prova que não é bem assim.

Ajudar o outro, cuidar do próximo, se ausentar de si mesma a levou ao colapso, literalmente. Não que o altruísmo seja ruim, pelo contrário; mas, como em tudo, deve haver parcimônia. Seguir apenas os extremos da corrente nos cega e adoece.

Roberta sempre cuidou de muita gente, mas em troca teve desconfianças e descredos. Viam-na como frágil, coitada, chorona — uma árvore morta, incapaz de ser mãe. Uma ambiguidade sem tamanho.

Como alguém que sobreviveu a tanto, muitas vezes calada, era tachada de "coitadinha"? A doença mental foi uma criação para afastar-se das tormentas da vida? Tamanho absurdo! Infelizmente o preconceito está arraigado na nossa sociedade. A depressão é vista como frescura, as alucinações como sinônimo de manicômio, e a fobia como medinho passageiro.

Ter um transtorno psiquiátrico é ter um órgão invisível que dilacera, que chora, que arde e que não dá para ser transplantado, porque é intocável. É carregar uma sombra permanentemente, que às vezes diminui e passa despercebida, mas outras vezes se torna tão gigante que nos apaga.

E é justamente por ser tão invisível, que é tão ignorada e debochada. Há muito estigma, muita rotulação, muito preconceito. De frescura a loucura, quem padece de um transtorno psiquiátrico não tem voz, tem poucos aliados e restrita ajuda.

Triste sociedade que carece de reais informações. E nem precisa ser depressivo, ansioso, esquizofrênico para empatizar com um transtorno mental. Basta tirar a venda e os tampões de ouvido que a história carrega e ver, ouvir, procurar informações, e assim saber que de frescura uma doença psiquiátrica não tem nada.

Roberta (re)nasceu na maternidade, como ela mesmo diz. Mãe, está para provar ao mundo, embora não necessite, que não é uma coitadinha, dependente da boa vontade alheia e incapaz de gestar e criar, mas sim um humano potente, na medida, em busca do justo.

A fobia social ainda está presente, mas a sua nova versão, liberta, não a impede de levar as crianças ao parque e de proporcionar-lhes a convivência com os demais, mesmo que haja os que ainda se escondem em seus preconceitos cruéis.

Não será sempre que essa disponibilidade estará presente para superar a fobia real e proporcionar o social às crianças. Às vezes será impossível não antecipar o temor de falar com os demais e evitar a ansiedade extrema que pode paralisar. E tudo bem! Escutar o seu corpo e respeitar os seus limites é fundamental.

Os filhos são integrados à dinâmica dos pais, e assim como você, aprenderão a remanejar. Mais do que forçar uma situação incômoda, seja clara do seu eu. Somos humanos com múltiplas facetas; conhecer, entender e conviver com todas é o melhor caminho.

Desejamos aos filhos liberdade e justiça, uma vida digna em um mundo sem preconceitos e sem julgamentos. Ainda é uma utópica realidade, pois não nos foi brindado o poder de controlar o universo, tampouco de limpar o mal, mas o que podemos é transmitir com gestos e palavras o respeito, a empatia e os valores familiares, preparando-os para a vida real.

Que sejamos o aconchego, o espaço de confiança, trocas e verdades no qual todos possam falar sobre suas emoções, sobre suas dores e amores, sobre suas angústias e seus medos.

E Roberta é uma mulher que aprendeu a conhecer o seu corpo e adorá-lo; o corpo que deu vida a um casal lindo, feliz e genuíno. Ela vive hoje a sua melhor versão, com seus risos e suas lágrimas.

13

NINA

Ao ler o nome Nina, me vem à mente a leveza da juventude. Existe nesse nome uma delicadeza. Até mesmo, certa inocência. Ao conversar com a Nina, fiquei paralisada, tamanha a clareza que essa mulher tem da vida.

Nina tem raízes muito profundas, mas sofreu podas muito graves. Segundo a medicina, ela não poderia ser mãe. E essa notícia veio muito cedo, aos dezesseis anos.

Sempre engajada em projetos sociais, Nina dedicou-se aos estudos, ao trabalho e à sua família. Trabalhava num emprego formal e fazia diárias como babá ou faxineira.

Quando olhamos de fora, é difícil pensar que alguém tão funcional e cheio de energia possa estar sofrendo. Mas existem dores que são tão invisíveis quanto avassaladoras. Crescem feito erva daninha e adoecem até a mais doce das criaturas.

Nina passou por quatro internações psiquiátricas. A vida não parecia ser algo compatível com a sua existência, e cada vez mais ela sentia que a maternidade não seria uma possibilidade.

Após um aborto, passou na universidade dos seus sonhos. Prestes a mudar de cidade, descobriu estar novamente grávida. Praticamente uma especialista em refazer planos, Nina desistiu do curso e manteve-se focada na gestação.

As trinta e cinco semanas em que gestou Allan não foram muito tranquilas. Várias intercorrências fizeram Nina pensar que novamente perderia seu filho. Mas ele chegou, após quatro dias de indução.

O parto não teve nada de respeitoso. Foram muitas violências, incluindo uma episiotomia por ela não conseguir fazer força. Diabética, Nina foi deixada em jejum, resultando em hipoglicemia.

Allan nasceu e foi para a UTI. Toda a expertise em refazer planos, em superar dores e medos, não foi suficiente para que Nina soubesse o que fazer com o imenso vazio que é sair da maternidade sem o filho nos braços.

A lavanda é uma das plantas mais utilizadas no mundo, por sua versatilidade, além do uso para a produção de óleos essenciais. Tem folhas pequenas e muito perfumadas, num lindo tom lilás-acinzentado. Apesar da aparência delicada e do aroma, conhecido por suas propriedades calmantes, a lavanda é uma planta muito forte. Resiste ao frio intenso, às geadas e aos períodos de seca.

Assim, Nina suportou intensa geada que foi a estadia de Allan no hospital. A situação já era grave, mas a cada dia tornava-se pior, graças à frieza dos profissionais que os atendiam. Sem informações consistentes sobre o real estado do filho, Nina ouvia apenas que ele era 'o mais grave de toda a UTI'.

Quando a equipe conversava com Nina, referia-se ao bebê como "RN". Cansada da "coisificação" a que submetiam seu filho, ela colocou um papel na incubadora. Com letras garrafais, seu filho estava devidamente identificado: ALLAN.

Ao receber alta, percebeu que algo estava diferente do que seria esperado. Allan não conseguia mamar, assim como não respondia a determinados estímulos que seriam naturais para um bebê de sua idade.

Com as queixas invalidadas pelo hospital onde pariu o filho, Nina não descansou até saber o que havia com ele. Allan tem paralisia cerebral por hipóxia neonatal, em decorrência do período prolongado de indução do parto.

O prognóstico era o pior possível. Se sobrevivesse, seria somente por poucos meses, e em condições muito limitadas de desenvolvimento. Mas o que para os médicos era somente mais um caso de paralisia cerebral, para Nina era seu filho — e ela lutaria por ele, como sempre lutou por sua própria vida.

As dificuldades já eram grandes, mas a violência contra uma mulher vem de muitos lugares. Inclusive dos que deveriam cuidar. Durante o acompanhamento psiquiátrico, a equipe insistia em saber se Nina tinha intenção de machucar ou agredir o filho. O atendimento tornou-se tão hostil que foi impossível seguir naquele local.

A atitude dessa equipe reflete o que, infelizmente, nossa sociedade é: preconceituosa. Tanto para as pessoas com deficiência quanto para pessoas com transtornos psiquiátricos. Além do esforço para aprender como ajudar Allan, Nina precisava provar que era capaz de ser mãe e que seu filho é uma criança com os mesmos direitos de qualquer outra.

Tenho um vaso com ramos de lavanda plantados em casa. Não é grande, deve ter uns cinco galhos. E, ao contrário do que imaginava quando trouxe a planta para casa, ela não perfuma naturalmente o ambiente. Mas se você tocar suas folhas suavemente, como um carinho, o perfume exalado é incrivelmente delicioso.

Nina cuidou de Allan por um mês, depois dois. E então, mais seis, e oito, e ele não parava de desenvolver-se e crescer. O prognóstico já havia sido ultrapassado muitas vezes.

De forma suave e constante, Nina tocou Allan, sendo premiada com um perfume tão intenso como seu amor. Hoje, com um ano e meio, ele fala papai, manda beijos, brinca, rola e se alimenta muito bem.

Como Nina, Allan resistiu à intensa geada, à seca e a todas as adversidades que apareceram pelo caminho. O pequeno menino floresceu e fez brotar novos galhos em sua mãe — novas oportunidades e motivos para viver.

Quando as flores da lavanda secam, devemos cortá-las. Com tempo e paciência, oferecendo a ela um solo adequado, novas flores virão. Mas o perfume não cessa, jamais.

A história de Nina e sua família não é triste. É uma história. E, como todas as histórias e famílias, possui capítulos tristes, alegres, assustadores e reconfortantes.

No início, eu não sabia cuidar da minha lavanda. Ela quase morreu, achei que não conseguiria recuperá-la. Mas não desisti dela. Cortei todas as partes secas, procurei o canto mais iluminado da minha casa. E passei semanas olhando para ela, cuidando do solo e regando quando preciso. Um minúsculo ramo, bem verdinho, brotou. Quase não acreditei!

Não sei o motivo, mas minha lavanda cresceu para o lado. Ela não é ereta, como vemos nas fotos dos sites de jardinagem. Imagino que seja pela forma como fiz a poda no início, mas é apenas um achismo.

O fato é que o perfume é o mesmo de todas as outras. E quando a vejo crescer forte e linda, sei que cada dia que passei cuidando dela valeu.

O mundo em que vivemos não é muito acolhedor com o diferente. Algumas pessoas sugeriram que eu comprasse outra muda, mais forte, com o crescimento para o lado certo. Para mim não fazia sentido. Ela estava viva.

Allan é uma criança com deficiência, e isso significa somente uma coisa: a diversidade humana existe! Enquanto eu conversava com Nina, ele ria, brincava, fazia a maior bagunça com o cachorro.

Ele não está estragado, tampouco é um coitado. É uma criança. Filho da Nina, uma mulher que, contrariando as previsões médicas, é mãe. E das boas! Uma mulher que sofreu dores inimagináveis desde muito cedo. Mas que segue perfumando as mãos de quem a toca com carinho.

Allan,

Enquanto sua mãe conversava comigo, você se agitava em frente à câmera. E era até difícil acreditar que você, tão grande e esperto, era o mesmo bebê ao qual os médicos se referiam como inviável.

Sua mãe tem uma fala doce e clara. Ela não deixa dúvidas sobre o que diz, é certeira e lúcida. E, não tenho dúvidas, foi essa forma de ser que te salvou das previsões que fizeram para sua vida.

Você é uma linda criança, Allan! Tem olhos vívidos, ávidos por viver e aproveitar cada minutinho neste mundo. Eu sei que sua mãe se preocupa com sua felicidade. Com a forma que as pessoas podem te tratar e com a dor que podem te causar.

E, apesar de saber que ela tem razão em se preocupar, sei também que ela está preparada para te ajudar a passar por tudo o que virá pela frente. Sei que ela irá segurar suas mãos e chorar junto com você, mas que estará te aplaudindo em cada pequena ou grande conquista.

Ela te esperou por muito tempo, Allan. E depois esperou para que pudesse te levar para casa. E ela saberá respeitar o seu tempo e te apoiar. E te ensinará a ser forte e doce, como ela é.

Minhas mãos ficaram perfumadas depois de tocar vocês. É um aroma de esperança, que transborda amor e muita vida.

Desejo que seu caminho seja muito lindo, pequeno! E prometo que farei minha parte para que a inclusão seja uma realidade cada vez mais próxima. Este mundo também é seu, Allan. Aproveite cada pedacinho da jornada.

REFLEXÃO

Que nada nos limite, que nada nos defina.
Que nada nos sujeite.
Que a liberdade seja a nossa própria substância.

Simone de Beauvoir

Nada é mais real do que nossa frágil condição humana. Frágil como seres biológicos, de um corpo passível de padecer e da certeza da finitude.

Somos mais do que corpos físicos. Carregados de construções subjetivas, de contextos socioculturais e de interações, podemos ser muito bem seres fortes que habitam um corpo frágil.

Para os cuidados da fragilidade corpórea, no mundo ocidental, as ciências médicas são as grandes encarregadas, embora nem sempre tenha sido assim.

A sexualidade, os filhos e a saúde mental são a tríade de maiores cuidados e atenção médica voltada às mulheres; o ginecologista/obstetra, o pediatra e o psiquiatra.

Nina se habituou a circular por essas especialidades. Incapaz de gerar, incapaz de cuidar, incapaz de viver. O discurso biologizante que reduz os demais componentes na construção de um ser.

Se olharmos um pouco a história da obstetrícia, essa especialidade foi considerada uma prática vil e inferior, associada à dor, ao sangue, às impurezas, ou seja, assunto de mulher, tratado só por mulheres — o papel das parteiras.

Os obstetras efetivamente entraram no cenário do parto no século XIX, com as escritas médicas. Foi então que as práticas populares foram consideradas obscuras e ignorantes e retiraram-se as parteiras desse cenário.

Que a obstetrícia é importantíssima e vem adquirindo conhecimento científico dia a dia, não há discussão. O que colocamos em questão, a partir inclusive da experiência relatada por Nina, é o fato da tecnicidade e o poder médico omitirem a voz e os direitos da mulher parturiente.

Aqui cabe mais uma ressalva: não há generalizações e universalidade, mas a verificação de um constante aumento de relatos de violências obstétricas.

Daquele corpo inábil para reproduzir, gerar e criar um ser humano, emergiu uma questionadora inquieta, que com espiritualidade e garra, não paralisou diante da invisibilidade, do desprezo e dos maus prognósticos.

Quem pode dizer até onde vai a dor de uma mulher? Desautorizar o seu sofrimento psíquico? Julgar a sua capacidade de maternar?

Nina sabia muito bem que "crises" de desânimo e choros não eram uma escolha, que acordar radiante e disposta e terminar o dia desesperançosa e irritada não era controlável, que os medos de não poder realizar o sonho da maternidade a perseguiam, que o desrespeito é fatídico.

Quem mais, além de Nina, pode mensurar a sua dor? Dimensionar os sentimentos alheios a partir dos seus próprios não é empatia, é superioridade. Ser empático é olhar sob o referencial do outro sem confundir-se a si mesmo.

Um componente muito importante durante a internação neonatal de Allan, diante da névoa da incerteza e da desinformação, foi a espiritualidade. Saliento que espiritualidade é a relação do indivíduo com o sagrado e com o transcendente, não necessariamente associado à religiosidade.

Há um crescente número de estudos científicos sobre o impacto da espiritualidade na saúde, ao mesmo tempo que ainda há muita divergência, incompreensão e preconceito.

Sabe-se que um dos mecanismos para a associação positiva é justamente a presença da rede de suporte social em momentos de dificuldades e estresse, além da espiritualidade ser fonte de significado e sentido para a vida e os fatos.

Nina teve esse apoio, cuidado e acolhimento de familiares, amigos e conhecidos, o suporte que a equipe médica nunca ofereceu.

Essa mãe recuperou forças para lutar por seu filho, mesmo contrariando todos os prognósticos, as ausências e as distâncias. Sabendo da árdua batalha, nunca desistiu, e considera essa a parte mais significante de sua história.

Mãe e filho saem do hospital com um diagnóstico na mão: hipóxia neonatal. Um linguajar técnico para fadar a família. Déficit no neurodesenvolvimento e morte precoce. Termos conhecidos na história de vida de Nina — incapacidade e luto.

Olhando mais uma vez a história, sempre houve a marginalização daqueles que nasciam sem corresponder a um ser humano dentro de padrões naturais, ou seja, que não apresentassem características iguais à maioria. Não havia espaço para a diversidade. O que não se encaixava no molde da perfeição imaginária era excluído.

Mortos, abandonados, expostos, escondidos, queimados, entregues. Nada muito diferente do que ainda acontece; apenas, em épocas anteriores, essas práticas eram normatizadas. Hoje o que vemos é uma tentativa de inclusão sob o véu do desconhecimento e da malquerença.

É impossível tapar os olhos para a existência de uma deficiência grave. O choque inicial é inevitável e humano, mas também impulsiona a mãe a superar a angústia, seguir e ressignificar a sua existência, redescobrindo uma nova forma de viver e ver a vida.

Das mães de crianças atípicas exige-se um contínuo processo de adaptação baseado no desenvolvimento da criança. Após essa acomodação, nota-se que as mães passam a viver para os filhos, tornando-os o centro de atenção e cuidado, por vezes se esquecendo de que também são um ser no mundo. Uma forma de expressão da dor.

Allan não é um diagnóstico, é uma criança que necessita de proteção, segurança, amor e cuidados como todas as demais. Nina não é a mãe "coitadinha", é uma mulher responsável em busca de direitos igualitários e inclusivos para sua prole.

14

DÉBORA

Se os pais não educarem os filhos, estarão enviando-os para o inferno. E, nesse caso, educar inclui a violência, a correção com a vara.

Débora é uma mulher madura que, com seus sessenta anos, sabe que a vida é dinâmica e que somos eternos aprendizes. Com uma desenvoltura que me prendeu e me fez querer ouvir mais e mais, contou sobre sua jornada, que foi de uma vida extremamente religiosa à quebra de importantes paradigmas.

Criada numa família evangélica, casou-se com um homem que compartilhava da mesma fé. Teve um casal de filhos, Ana e Daniel, aos quais dedicou-se totalmente durante seis anos, que, segundo ela, poderiam tê-la enlouquecido.

Após esse período bastante desafiador, Débora voltou a trabalhar. Formada em Letras e uma estudiosa voraz, passava meio período no emprego e o restante do tempo cuidando das crianças, que foram crescendo igualmente pensantes.

Quando Daniel estava mais velho, passou a fazer questionamentos sobre a fé, doutrinas e demais assuntos que nós aprendemos serem inquestionáveis. Quem, como eu, cresceu dentro do meio evangélico, sabe que não há espaço para mentes inquietas. Daniel saiu da igreja.

A família de Débora havia passado muito tempo somente dentro da igreja, que ela descreve como uma existência descolada da realidade. Nesse cenário, os filhos são uma vitrine. O sucesso dos filhos é que diz quão boa a mãe é.

No entanto, o conceito de sucesso e validade da aprovação da comunidade religiosa ficou em segundo plano. Débora e seu marido compreenderam que Daniel seria seu filho para sempre, não importavam os caminhos que escolhesse. Não foi fácil adotar tal postura. Segundo ela, o coração sangrou ao ver o filho longe da igreja.

Uma das minhas plantas favoritas é a maranta tricolor. É uma folhagem linda, com tons de verde, creme e rosa-claro. Popularmente, a maranta é conhecida como planta de oração, pois se recolhe durante a noite, deixando suas folhas na posição vertical, dando-nos a belíssima visão da parte de baixo de suas folhas, que possuem um tom avermelhado.

Já faz um tempo que cultivo a maranta tricolor, e é impressionante como ela se multiplica. Da terra brotam canudinhos bem enrolados, e em poucos dias folhas novas se erguem, colorindo o ambiente.

Débora não é o tipo de pessoa que se conforma sem estudar, questionar e compreender de onde vieram as informações. Embora tenha se mantido no ambiente evangélico, passou a estudar sobre o desenvolvimento infantil, comunicação não violenta, educação respeitosa. Descobriu que existe uma infinidade de conceitos que já foram derrubados, que cegamente muitos seguem.

Durante uma de suas leituras, numa nota de rodapé, leu que Jesus não agia conforme os ensinamentos violentos ainda amplamente pregados nas igrejas. Acabou descobrindo que há um movimento silencioso de famílias que não utilizam a vara (que podemos traduzir como violência) na educação de suas crianças. Mas isso não é bem visto pela maioria dos líderes, o que fez com que Débora e seu marido saíssem da igreja.

Em suas pesquisas, Débora teve contato com leituras feministas e começou a compreender o que é e como funciona o patriarcado. Quem já trilhou esse caminho, sabe: é irreversível.

Nesse processo, passou a escrever sobre suas descobertas e chegou, inclusive, a trocar e-mails com um teórico bastante conhecido na área da educação fundamentalista religiosa, sem conseguir muito mais que sua veemente desaprovação.

Débora entrou em desespero. Com tanta informação de qualidade, como é que os líderes religiosos ignoram a importância de conhecer e respeitar o desenvolvimento infantil?

Como a maranta, Débora está sempre em movimento. É elegante, tem presença e nos instiga a querer estar por perto.

Daniel casou-se e mora fora do Brasil. Ana também construiu sua família e, com o marido e seus dois filhos, mora perto da mãe, que é sua rede de apoio.

Débora era uma criança comum, sob meu ponto de vista. Apanhou muitas vezes por falar demais, subir nas coisas e ter um comportamento sabidamente infantil. Quando se tornou mãe, ganhou uma vara de marmelo para educar seus filhos.

Perguntei a ela como lida com o fato de ter aplicado um modelo de educação com o qual não compactua hoje, e a resposta foi a seguinte:

— Os pais não podem dar o que não têm. Perdoei-me pelos erros que cometi e passei a buscar conhecimento.

A rede de apoio que não teve quando cuidava dos filhos pequenos, Débora é hoje para a filha. Ana é professora de História, mãe de Davi e Rebeca, adepta da disciplina positiva. Apesar de não ter sido criada nesses moldes, encontra na mãe uma aliada na educação respeitosa que oferece aos filhos.

Débora não se identifica com a maior parte das pessoas de sua geração. É chamada de louca. Uma mulher que pensa livremente, questiona padrões, muda de ideia. Acho que sou louca também.

Quando o neto atingiu certa idade, Débora perguntou à filha sobre desfraldar o menino. Ao escutar sobre esperar o tempo da criança, compreender os sinais de prontidão, Débora não perdeu tempo. Entrou num grupo para aprender sobre desfralde consciente, local onde ouviu pela primeira vez sobre a Comunidade Ohana.

Como mãe de crianças pequenas, foi um alento conversar com Débora. Não somente por me identificar demais com várias situações que viveu, mas por ter um vislumbre sobre o que o futuro me reserva.

Mães falham. O tempo todo. Maternidade não é sobre não falhar, mas sobre evoluir e buscar melhorar todos os dias. Com Débora aprendi que é preciso falar sobre nossas angústias, e que frustração e exaustão são elementos comuns a todas as mães.

Ela me incentivou a olhar para o passado, para o que tive e o que eu não tive, e me acolher. Sem culpar ou julgar meus pais, mas compreender que, no ciclo da parentalidade, temos sempre a oportunidade de fazer mais e melhor.

Enquanto mulheres, nascemos nos cobrando numa autoexigência cruel para a performance da maternidade perfeita. Isso não existe, e, apesar de sabermos, é necessário certo esforço para nos libertarmos desse peso.

O que existe é a vida e suas infinitas possibilidades de aprender, rever a rota e seguir nessa jornada fantástica e desafiadora que é a criação dos filhos.

Obrigada, Débora, por me mostrar que jamais estaremos prontas — e que isso é maravilhoso!

**Para este relato, foram utilizados pseudônimos. Esse pedido foi, para mim, uma das coisas mais doloridas que já escutei. O fato é que as marcas que deixamos em nossos filhos podem ser mais profundas do que imaginamos. Podem levar muito mais tempo para serem tratadas e ressignificadas. Daniel sente que ainda não está forte o bastante para que memórias de sua infância sejam contadas, e por isso não gostaria de ser identificado.*

O tom de voz embargado de Débora me tocou como mãe, mas também como filha. Não sei se um dia me esquecerei do que ela disse antes de suspirar profundamente: foi uma infância cheia de violência, mas também amor; isso é muito difícil de lidar.

Enquanto filha, posso dizer que partilho dessa sensação, especificamente no que tange ao relacionamento com meu pai. Nem sempre é fácil compreender como um homem que me amava tanto pode ter me ferido e causado medo. Mas sempre o amei, embora tenha memórias do que preferia não ter vivido.

Enquanto mãe, deixo meu abraço. Minhas lágrimas e o acolhimento de quem sabe o que é a dor de ver um filho sofrer por algo que decidimos e que gostaríamos de jamais ter feito. Mas te digo também para confiar no bom trabalho que fez, no amor que semeou e no fato de que o tempo se encarrega de colocar as coisas no lugar.

Ana e Daniel,

Imagino que tenhamos idades muito próximas e vivemos nos moldes do que era considerada a criação ideal para nossa geração. Já tive longas e excelentes conversas com minha mãe sobre o que vivemos juntas, enquanto ela aprendia a ser mãe, e eu, filha.

É bem verdade que esse aprendizado não acabou, e agora aprendo a ser mãe também, além de continuar o aprendizado sobre meu papel de filha. Minha mãe agora aprende também a ser avó.

Confesso que, enquanto mãe um tanto ansiosa, volta e meia me pego imaginando o quanto a lancheira que esqueci em cima da mesa ou os minutos que dormi a mais, causando um atraso na rotina, irão comprometer o futuro dos meus filhos. Ou quanto meus questionamentos sobre nossa fé ou o fato de eu ter mais perguntas do que respostas irá afetá-los.

Conhecer Débora foi um presente. Foi quase como se a Déa do futuro viesse e me falasse: calma, não é tão ruim quanto parece. Na balança da vida, o lado do que é bom está muito mais pesado.

Ouvir sobre o orgulho que ela tem de vocês, ver o amor que plantamos todos os dias floresce e dá frutos, me confortou.

Para todos os outros filhos mencionados neste livro, escrevi desejando muitas coisas para suas jornadas até a vida adulta, mas para vocês posso dizer: deu certo. Deu muito certo. Vocês são adultos incríveis e espero que sintam orgulho de quem se tornaram.

Mas, se por acaso a dúvida bater, não tenho dúvidas de que encontrarão alívio na voz macia de sua mãe, Débora.

Que suas vidas sejam como é a existência da maranta — sempre em movimento, e delicadamente bela.

REFLEXÃO

Maior amor nem mais estranho existe
Que o meu, que não sossega a coisa amada
E quando a sente alegre, fica triste
E se a vê descontente, dá risada.

Vinicius de Moraes, trecho de *Soneto do Maior Amor*

A história da humanidade foi marcada por muitos momentos sombrios: guerras, pestes, escravidão, inquisição e holocausto, que deixaram cicatrizes, traumas e memórias desejosas de serem apagadas.

Uns conseguem perdoar, reparar e ressignificar a dor, outros ocultam as feridas e seguem adiante. Há os que se reconstroem em novos vínculos afetivos e os que se refugiam no canto dos sonhos, e vivem em um mundo paralelo.

A educação pelo medo é aquela que cala a voz da criança, bloqueia a sua espontaneidade e anula os seus critérios. Ao intensificarem a relação da boa educação com o medo, trabalhamos contra a coragem, podando a liberdade, matando a curiosidade e o desejo pela novidade, aspectos essenciais do espírito inquietante e criador.

Há imensos motivos que levam a uma educação não respeitosa. Sem imputar juízos de valor e punir os que a praticam, o que nos acalma é saber que, assim como Débora, outros passam a se questionar, buscar caminhos mais livres e provocar mudanças.

O filme A Vida é Bela (1997), de Roberto Benigni, elucida um dos grandes horrores da história com humor e leveza, na tentativa de substituir a educação pelo medo em educação pelo riso.

O que se inicia com um sorriso de emoção espontâneo se transforma em um riso elaborado, onde há espaço de criação. E desse riso, nos apropriamos da realidade com crítica, de coisas que não estão como deveriam. A consequência é descobrir melhor as causas e buscar soluções.

E como é gratificante ver o mundo sorrir! E como é importante encontrarmos pessoas como Débora, que de alma livre e inquietante, questionou o que parecia inquestionável, buscou respostas mais significativas e conseguiu mudar o curso do rio!

Débora, muitas vezes desejamos apagar nossas histórias, mas dessa impossibilidade nasce a chance de mudarmos nosso presente e nos reconectarmos. Reconhecer, perdoar e reparar.

Quando um objeto de apego quebra, nos causa raiva e tristeza, e muitas vezes impulsivamente o descartamos ao invés de consertá-lo, porque não vale a pena, porque não ficará igual, porque será disforme, enfim. Um objeto quebrado não perderá o seu valor ao ser consertado, mas, sim, se tornará um objeto único e especial, e se lhe atribuirá ainda mais valor.

As rupturas que são reparadas não apagarão a memória de nossos erros, mas nos mostrarão que somos capazes de refazer, de transformar e seguir mais leves.

Somos constituídos de movimentos e pausas, de reproduções e tentativas, de acertos e erros, e todas essas oscilações nos mantêm vivos e atuantes.

Como os bebês em seu primeiro ano de vida, que diante de uma infinidade de habilidades a adquirir, mantêm ritmos inconstantes de desenvolvimento, ora muito acelerados, ora mais acomodados, seguindo o ciclo, com progressos e regressões.

Não deixamos de viver as oscilações na vida adulta. Dias bons, outros nem tanto, euforia e tristeza, deslizes e perdões, falhas e reparações.

Mostra que estamos e podemos estar em constante mudança e aprendizado.

Ao questionarmos nosso maternar, a resposta pode estar no fato de que sempre podemos melhorar. Fazer diferente, aprender, buscar, corrigir o que não ressona bem, mas também entender nossas limitações, conhecer e manejar o nosso entorno, ter consciência das nossas responsabilidades e nos permitir falhar e reconstruir.

Os filhos não podem ser vitrines, estáticos e manipuláveis, e sim seres do riso, da inquietude, da crítica e do questionamento. Que captam o legado dos pais, mas também os ponderam. Não apenas replicar, mas adaptar.

Débora, obrigada pela sua identidade questionadora, esclarecida e livre, que através do conhecimento mobiliza as vozes silenciadas e provoca a transformação.

A sua história é um sopro de cores à névoa que circunda muitas mães, enlouquecidas com incontáveis noites em claro, cansadas, angustiadas, solitárias, culpadas e frustradas. Erros são inevitáveis diante do desconhecido, mas onde há perdão, conhecimento e volição, haverá sempre portas abertas.

A transformação é uma lei inexorável da existência!

15

NOSSA HISTÓRIA NÃO TEM FIM

A parte mais gratificante de escrever as histórias dessas mulheres é o fato de saber que elas são eternas. Não somente por estarem registradas neste livro, mas pelas sementes que estão esparramando por aí.

Como histórias vivas que somos, seguiremos no movimento cíclico da vida, entre verões, invernos, outonos e primaveras.

Ouvir cada uma delas, rir e chorar, respirar fundo para poder seguir com o trabalho, me curou em tantos níveis que não consigo explicar.

Revisitei os piores momentos da minha vida e pude dar um novo significado a eles através dos relatos viscerais que recebi.

Uma mãe é um ser infinito. Uma mãe sempre é, jamais era.

A partir do momento que decidimos ocupar esse lugar que é tão sagrado quanto humano, tornamo-nos eternas. O que fazemos é capaz de mudar o curso de muitas histórias, de salvar vidas, de transformar toda uma sociedade.

Uma criança é o que há de mais frágil neste mundo. É um fio de vida a ser trabalhado com ternura e responsabilidade. E fazemos isso com maestria, apesar da solidão, do silenciamento e das violências que sofremos.

Apesar da culpa e do medo de errarmos com o que nos é mais precioso.

Espero que, como eu, tenham aprendido a se olharem com mais compaixão. Que ao verem que essas mulheres que tanto sofreram desde muito pequenas se tornaram seres humanos extraordinários, possam descansar seus corações.

Não existe a opção "sem sofrimento" no que diz respeito à vida. E é muito duro quando nos damos conta de que essa verdade também vale para nossos filhos. Mesmo com todo o nosso cuidado e dedicação, há muitas coisas que não estão sob nosso controle.

Por isso, sigamos fazendo o que já sabemos muito bem: nosso melhor.

Nosso melhor nem sempre será o ideal. Nosso melhor na segunda-feira nem sempre será o mesmo no sábado. Mas será sempre o melhor possível.

Erraremos, todos os dias. E nos culparemos por isso, mas aprenderemos com nossos erros. E espero que possamos nos perdoar também.

Com o passar dos anos veremos que as podas não feitas, as regas esquecidas e a adubagem atrasada serão muito menores do que os acertos. Veremos que após invernos rigorosos a primavera irá colorir nossos olhos. Um dia colheremos frutos doces, flores perfumadas. E muitas sementes voarão por aí, em busca de solo fértil.

Nossas noites em claro, as horas de estudo, os desabafos com amigas — tudo isso estará no mundo através da vida dos nossos filhos, depois netos, e assim sucessivamente.

Nossa história não tem fim. Seguiremos florescendo.

SOBRE AS AUTORAS

CRIS VASCONCELOS

Cris, como ela gosta de ser chamada, é uma mulher que descobriu o TDAH e a dislexia aos 23 anos, quando passou a se entender e se sentir pertencente. Formada em pedagogia e administração, encontrou seu propósito em 2016, após o nascimento de seu filho Bernardo e um diagnóstico de depressão pós-parto. Seu caminho para a ressignificação foi acolher as dores de outras famílias, e, com isso, nasceu a Comunidade Ohana para reescrever sua história. Hoje essa educadora parental e *community manager* também se orgulha de ter seu projeto crescendo, acolhendo 18 mil famílias.

DÉA AGUIAR

"Apenas continuo procurando comunicar o não comunicável, explicar o não explicável, contar sobre algo que tenho entranhado nos ossos e que apenas nesses ossos pode ser experimentado". (Franz Kafka, 1920)

De uma escrita impecável, cirúrgica e afetuosa, de uma fala ritmada, entre pausas e sorrisos, de uma narrativa poética e lógica. De uma construção inacabada, de uma integração fragmentada, de um caber desajustado. Dea é assim, um espírito único, livre e diverso.

Uma mulher que navega sem bússola, em busca de tudo e de si mesma.

Engana-se quem a encara como um ser egoísta, mandona e geniosa. Déa é uma mulher descolada do mundo, mas que segue o compasso do seu relógio subjetivo.

Déa lê o amor com olhos singulares. Amor é decisão; é um cuidar, um conviver, um suportar, um escolher ficar. Amar é um processo linear de sentir e pensar, de sutileza e realidade, de poesia e concretude. Amar é decidir ficar.

Com Malu, Sofia e Caio, materializa a mãe divertida, responsável, generosa, observadora, inteligente, curiosa e racional. As conversas entre mãe e filho mais se assemelham a um sarau do que a uma brincadeira no parquinho. Rola muito "papo-cabeça", muito conteúdo, muita racionalização, muita explicação sobre tudo — assim, direto e sem rodeios.

Quanta identificação! Ouvir isso me provocou um alívio, uma cumplicidade, uma certificação de que não sou uma estranha neste mundo cheio de estereotipias que é a maternidade.

Aliás, Dea, como é bom se desprender desses constructos sociais e dos determinismos nos quais a maternidade foi colocada!

Ser mãe não é viver em sofrimento, não é anulação, não é despertencimento. Ser mãe é ser leal, é se amar, se respeitar e se cuidar. É pensar em si e por si. Ser mãe é se afirmar como pessoa, é se exaltar e se enaltecer, para que os nossos filhos vejam que há um ser real, único e pulsante, que maneja o papel de mãe.

Os filhos não podem ser responsáveis pela nossa felicidade — que sábia afirmação, Déa! Tamanho peso seria para eles. Os filhos são frutos, mas não devemos colocá-los no mundo para preencher vazios, ou para dar significado a algo que não existia.

A maternidade é uma experiência maravilhosa que faz emergir as nossas falhas, mas que não pode eclipsar os nossos logros. Apropriar-se dessa dicotomia te deu a certeza da máxima falta de controle que temos sobre tudo, e da possibilidade de assim levar a vida de forma mais leve.

Enfim, a maternidade não tem garantias, pois envolve seres humanos genuínos, subjetivos, contextualizados, que se inter-relacionam, em uma linguagem similar, mas de semânticas compostas. Um linguajar de afeto, de cumplicidade e lapsos.

O que desejamos transmitir aos nossos filhos não será exatamente o que eles compreenderão, e tudo bem. Isso é comunicação.

Então o melhor legado é sermos nós — despidas de idealizações, de fantasias e de magia.

Dona Déa, mesmo quando calada, tem muito a contar.

MARCELA BUENO

É engraçado pensar que milhares de pessoas lerão sobre Marcela, uma mulher que não permite ser lida. Dona de uma voz forte e de olhos que são janelas abertas para um universo fantástico, nossa conversa foi permeada por deliciosas gargalhadas e confissões maternas.

Marcela é a pessoa que escuta. Não à toa, tornou-se psicóloga. Penso que há nela um certo fascínio pelo ser humano e suas histórias. As pessoas, na verdade, são possibilidades infinitas e é nítido o prazer que Marcela tem em vivenciar tantas existências, ainda que como espectadora.

Os grãos de pólen são essenciais para a manutenção das espécies, mas também para a sua evolução das mesmas. Quando penso em Marcela, não consigo vê-la de outra forma, senão como grãos livres, que viajam com o vento, com a água, e que pegam carona em abelhas, permitindo que a vida seja renovada e transformada.

Marcela é livre. E sua liberdade a levou para a Espanha, onde conheceu seu companheiro, pai de seu filho, Theo.

Racional, Marcela olha para as adversidades como quem analisa um mapa, pensando em como recalcular rotas para manter-se viva. Fico extremamente grata por, quem quer que seja o responsável por desenhar o mapa da vida, ter colocado uma ponte sobre as águas inquietas da maternidade.

Uma ponte que atravessei para encontrá-la e que agora vocês atravessaram também.

Não tenho dúvidas de que serão transformados ao entrarem em contato com sua escrita profunda e amorosa.

Obrigada, Marcela, por compartilhar esta jornada comigo.

VIVIAN SALOMÃO

Vivian é uma mulher polivalente! Mãe do Thiago, confeiteira, se formou em administração lá em 2010. Em 2014, deixou sua carreira de funcionária pública para viver o sonho de conhecer o mundo, e foi aí que se reconheceu. Em 2016 iniciou seus estudos em marketing e se apaixonou pelas causas de impacto social. Encontrou na Ohana o combo perfeito para sua realização profissional.

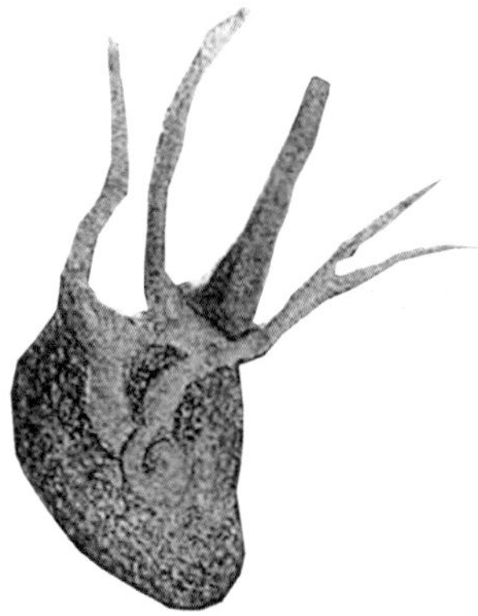

www.editorainverso.com.br
facebook.com/editorainverso
@editorainverso
(+55 41) 3254-1616 e 3538-8001
(+55 41) 99798-7623